W0363403

DU MÊME AUTEUR

Madrid ne dort pas, Gallimard, Paris, 2005. Prix Jean Muno 2005.
Excusez les fautes du copiste, Gallimard, Paris, 2006.
Prix Victor Rossel des jeunes 2006. Prix de la Fondation Jean-Luc Lagardère.
Leurs vies éclatantes, Gallimard, Paris, 2007.
Prix Indications 2008. Prix Fénéon 2007. Prix Grand-Chosier 2007.
Première sélection du prix Goncourt 2007.
Chucho, Gallimard, Paris, 2009. Prix Sander Pierron.
Petit éloge de la gourmandise, Folio, Paris, 2010.
Les Ballons d'hélium, Gallimard, Paris, 2012.
Autoroute du soleil, Onlit, Bruxelles, 2013.
Barcelona!, Gallimard, Paris, 2015. Prix Amerigo Vespucci.
Tous, Gallimard, Paris, 2017.
Soucoupes volantes, nouvelles, Gallimard, Paris, 2021. Prix de la nouvelle de la ville d'Ottignies-Louvain-La-Neuve.

© 2022 Ker éditions
Rue de la Source, 7
(B)1435 Hévillers
www.kerditions.eu / kerditions@kerditions.eu

Directeur de collection : Vincent Engel
Illustration de couverture : Eva Myzeqari
Photo de l'auteur : © Francesca Mantovani et éditions Gallimard

ISBN : 978-2-87586-328-7
Dépôt légal : D/2022/12.437/122

La publication de cet ouvrage a été encouragée par une subvention accordée par la Fédération Wallonie-Bruxelles.

Cet ouvrage a été achevé d'imprimer par Pulsio.net en août 2022.

Droits de traduction et de reproduction réservés pour tous pays. Toute reproduction, même partielle, de cet ouvrage est strictement interdite.

Grégoire Polet

Belgiques

– 101 détails –

ker éditions

La vie est trop brève pour la forme littéraire longue, trop fugitive pour que l'écrivain puisse s'étendre en descriptions et en commentaires, trop psychopathologique pour la psychologie, trop romanesque pour le roman ; la vie fermente et se décompose trop rapidement pour pouvoir la conserver indéfiniment dans des livres longs.

Alfred Polgar

Avant-propos

Écrire dans les cafés est une hygiène tirant parti d'un vice. J'aime ces lieux, les recherche, les collectionne. Je m'y mets au défi toujours d'en ressortir avec un texte. Une nouvelle miniature. Un détail. À quoi serviraient, sinon, les carnets ?

Cafés : albums, ruches, musées de gestes, scènes, chorégraphies des petits peuples de quartiers. La parole qui bourdonne dans le café vient poser sur le papier ses pattes de mouche. Un texte est venu.

Inspiration parfois directe, le plus souvent indirecte. Histoires semblant tombées du ciel, venues de nulle part. Mais, en réalité, d'une matière mentale inerte, activée par les bactéries aériennes du lieu. D'une manière unique et qui n'aurait pas pu être différente.

Mon grand-père maternel, originaire de Lennik-Saint-Quentin, affirmait que le lambic y était incomparable à cause de certains bacilles qui ne se trouvent que dans l'atmosphère du Pajottenland. Et puis il riait. Ce mensonge scientifique est une vérité littéraire. Et voilà pourquoi ces miniatures (je préfère l'appellation *détails*) sont autant de belgiques.

J'ai pratiqué l'écriture dans les cafés à Madrid, à Paris, à Barcelone. Depuis six années que je vis à Bruxelles, j'en ai fait autant. Tantôt ici, parfois là.

En excursion volontaire ou involontaire, d'Ostende à Beaumont. Mais le ferment bruxellois prédomine.

En voici un bouquet de 101.

La miniature n'est pas seulement un exercice et une hygiène, un soulevé de terre bref et intense, un shot d'endorphines, un échauffement matinal aux travaux romanesques, un laboratoire. C'est surtout, comme toute improvisation, le fruit de toutes les écritures passées. Picasso, à qui une dame riche reprochait d'avoir fait un dessin en quelques minutes, la corrigeait aimablement : non pas quelques minutes, Madame. Vingt ans. Vingt ans.

C'est aussi un genre en soi. Rarement publié. Et donc un privilège. Il ne porte d'ailleurs pas de nom, ou plusieurs, et le choix est encore de mise. Miniatures ? Comme celles de Dostoïevski. Microfictions ? On a celles de Jauffret. Détails ? J'aime ce mot-là. Ou encore : Menus ? Au sens de menues-fictions ? Parfois, on touche au poème.

Le genre court n'est pas le genre petit. L'énorme Hegel : « La durée comme telle n'a aucun avantage vis-à-vis de la disparition. Les montagnes n'ont aucun avantage vis-à-vis de la fleur qui se flétrit, au contraire, elles sont inférieures à elle, et plus encore à l'animal et à l'homme. »[1] Hegel si joli, ça surprend et ça convainc. L'évidence même : l'éphémère insecte ajoute à la journée des proportions gigantesques. Tout un destin se déploie dans le papillon blanc du chou, de la naissance au grand âge.

Passage, mouvement d'une robe, pli d'une chemise, tache sur une banquette, reflet dans une auto, affiche, caprice, éclat d'une conversation, plaisanterie,

---

1 Cité par Philippe Sollers dans *Mouvement*, p. 144 (Folio 6457)

télévision, souvenir, dégorgement d'une journée de lecture, aussi, ou effluve capté, passé, pollen, collision, transport, vérités fugaces, œillade, semence, plantule, chute d'une feuille, c'est la secousse, pointe de crayon, carnet ouvert ; rêve comme le parfum qui en une goutte renferme toute sa longueur, alambic mental, explosions lexicales, aventure aimantant les souvenirs, les redécoupant, collage du dehors et du dedans, on bat les cartes, on distribue, on joue, on gagne à tous les coups, on sourit, ajustement, accord, épanouissement du cœur, silence musical, étrangeté, carnet refermé. Où suis-je ? Ah oui. Je vous dois ?

Et voici qu'on a augmenté d'un texte la réalité.

Un peu de lenteur, et une minute dure, dure ; un peu plus près, et le détail grandit.

Du reste, dans les détails, on sait fort bien qui trouver.

Encore un avertissement. Avoir ainsi décrit la situation d'écriture ne devrait pas faire oublier qu'il s'agit de fictions qui, par définition, au départ du moi et des circonstances, ont toutes fait (et c'est ce qu'on leur demande) *le saut du tigre*. Rapporter au seul auteur les narrateurs de ces textes causerait au recueil un grave dommage, en le privant d'un grand nombre de personnages, soigneusement créés en creux.

Lapsus

C'est idiot, parce qu'elle n'en fera jamais rien, de ce type qui lui plaît, qui fait un pas de danse en apportant les plats, qui a une blague ou un mot gentil pour tous les clients et pas seulement pour elle, qui a l'air d'avoir la bonne humeur rivée au corps.

Il fait peut-être semblant, il a sûrement des creux comme tout le monde. Certainement. Et pourtant, pas si sûr. C'est peut-être de la joie toute pure, le serveur de la pizzeria à côté du bureau.

Et elle, en attendant, elle n'est sûrement pas la joie pure. Elle est la joie timide tout au plus, à l'heure du lunch, et elle est triste chez elle et elle est stressée au boulot. Et le boulot, c'est important ; et chez elle, ça ira peut-être mieux un jour, comme ça allait bien au début. Donc, elle n'en fera jamais rien, du sourire du serveur de la pizzeria trattoria Firenze, ni de ses clins d'œil, ni peut-être de son cœur amoureux. Parce que qui sait ? Mais non, évidemment non.

— L'addition, si je vous plais.

Waw, le lapsus. Il n'a pas remarqué.

— Tout de suite, Mademoiselle.

L'usure

Cacher. Cacher son argent. Une des bonnes cachettes qu'il avait trouvées et qui lui avait donné le plus de contentement, c'était dans la déchirure du cuir de son fauteuil. Un vieux fauteuil vert à haut dossier, accoudoirs en bois, rembourré et garni de cuir clouté, qu'un jour avec tristesse il avait trouvé troué. Par le temps et ses fesses, autrement dit par l'usure. À un endroit irréparable. Refaire le fauteuil lui aurait ôté son âme, au fauteuil, et son argent, à lui, car on n'imagine pas le coût de ces restaurations-là. Surtout, le fauteuil restauré, à quel prix que ce fût, aurait perdu ce charme et cette patine qui faisaient sa vraie valeur de souvenir, voire de mémorial, de son grand-père. Bref, il avait connu devant le fauteuil troué un moment de perplexité douloureuse, jusqu'à ce que soudain l'usage de cette fente dans le cuir lui parût évident: y glisser des billets. Entre l'antique bourre grise, qui ressemblait à du cerveau sec, et le cuir vert rompu et tout craquelé. Combien de billets de banque y gagneraient l'invisibilité? Avec un peu d'adresse et une pince, 1 800 euros y furent chirurgicalement logés. Et Adrien – car c'était son nom – prit plaisir à appeler ce meuble son fauteuil 1800. Comme s'il s'agissait de la date ou du siècle de ce vénérable objet.

Zoé

Il y avait deux petits gants de boxe qui pendaient et balançaient à son rétroviseur, comme une paire de couilles.

Voiture rouge, un peu pourrie, qui sentait l'animal. La pisse de chat, pour être précise.

Lui, le conducteur :

– Excusez l'odeur…

Il était franc.

– J'ai transporté les deux chats de ma sœur et vous savez, ils ont peur, en voiture.

J'ai répondu :

– Je sais. C'est parce qu'ils savent qu'il n'y a pas de sortie.

– Ah bon, c'est pour ça ?

J'ai dit oui, qu'un chat ne veut compter que sur lui-même.

Je me souviens de ces curieuses premières paroles avec un inconnu dans une voiture rouge. J'ai enchaîné :

– Vous faites de la boxe ?

Et lui :

– Ma femme. C'est sa voiture, en fait.

Moi :

– Votre femme fait de la boxe ?

C'était entre la question et l'exclamation.

Lui, avec un humour bien à lui, répondait à l'autre partie de la phrase :

– Ça vous étonne ? J'ai pas l'air d'un homme marié ?

Moi :

– Si, si. Je veux dire, c'est rare, enfin, c'est bien, une femme qui boxe.

Silence, bruits de clignotants. Bonnes ondes. L'odeur de pisse de chat a son côté chaleureux.

Moi :

– Elle doit avoir un fameux caractère, non ?

Lui, demi-sourire, narines légèrement dilatées, sourcils qui se lèvent, souffle d'un début de rire. Alors moi aussi je ris, un peu. Commencement. Et comme si le film de sa femme et de son couple lui passait devant les yeux, et que c'était drôle en fin de compte, il se fendait la poire, pommettes saillantes, plis aux yeux qui faisaient ressortir ses pattes d'oie. Il riait. Pas besoin de s'expliquer. Il continuait de rire, et moi aussi. Les gants de boxe continuaient de ballotter, et on se marrait. Rire avec un inconnu, c'était fort comme faire l'amour.

— Oh oui, un fameux caractère, vous l'avez dit !

Ce fut mon premier chauffeur de mon premier tronçon d'auto-stop. Il m'a déposée à la sortie 5, Rixensart. Il m'a souhaité bonne route, je lui ai souhaité bonne chance. On s'est jeté un regard dans les yeux, mais jusque très profond. Je ne lui avais pas demandé comment il s'appelait. Lui, pareil, ignorait mon nom.

Son visage, dessiné dans mes entrailles ; et certainement le mien imprimé dans les siennes.

Petite voiture rouge qui part et pétarade, poursuivie par un petit nuage polluant, qui va, qui vire, qui disparaît. Et moi, première étape de mon tour du monde.

Bouquins

– Je viens pour l'annonce. Les sacs de livres.

– Quelle annonce ? lui ai-je demandé.

– Eh bien, les deux sacs de livres !

Il était, le rouquin, sur le trottoir, avec de beaux yeux verts, l'air parfaitement normal et tranquille.

Que l'on comprenne ma surprise, toutefois, puisque, autant que je pouvais me souvenir, je n'avais placé aucune annonce nulle part.

– Deux sacs de livres, 10 euros, vous proposiez. Voici 10 euros. Vous avez les livres, là ?

J'avais en effet deux sacs de livres, que j'avais remplis pendant le week-end et dont je voulais me défaire. J'avais hésité à les porter moi-même chez *Évasions*, le bouquiniste de la rue du Midi, ou à placer une annonce, au rabais, pour m'épargner le déplacement. À ma connaissance néanmoins, je n'avais pas encore placé d'annonce. Mais le jeune homme debout devant moi me tendait son billet de dix et attendait les deux sacs de livres.

Il y eut un silence. Un temps pour la raison, d'abord, désemparée, qui cherchait à comprendre : en avais-je parlé à quelqu'un ? L'avais-je évoqué sur les réseaux sociaux ? Non. Un temps ensuite pour la panique. Quelque chose d'anormal avait lieu, là. Des micros dans le plafond ? Un téléphone espion ? Ces hypothèses dénuées de sens me venaient, faute de mieux. Le sourire, le contentement que je croyais lire sur le visage du jeune homme semblaient chargés d'ironie. Avant de penser plus avant à un monde parallèle ou à un éclair de démence obscurcissant mon pauvre cerveau, je referme la porte, clac, sans autre forme de procès.

Je ne la rouvris pas pour vérifier si l'homme restait ou partait. J'eus même l'idée pathétique d'un rêve : voilà, j'étais en train de rêver. Un rêve bien fait, où on a conscience de rêver. Je me pinçai, me giflai : je ne rêvais pas. Je descendis à l'entresol, où se trouvaient les deux sacs. Je regrettai de vivre seul, je voulais parler à quelqu'un, pouvoir en rire. Je me giflai une fois de plus et, ne me réveillant toujours pas, je décidai de tenir compte du signe reçu et résolus de ne pas me défaire de ces livres. Je les sortis des sacs et les replaçai tous sur mes étagères surchargées.

Surmenage, a conclu Héloïse, mon psy.

Étonnant, tout de même.

Mort à la pizzeria

Personne. Les verres, rutilants ; les tables bien dressées ; l'affichette « ouvert » comme d'habitude sur la porte d'entrée. Hier, le restaurant était plein, on avait fait 120 pizzas sur la journée. Et aujourd'hui rien. Personne n'a passé la porte. Depuis qu'il travaille là, en fait depuis toujours, ça ne s'était jamais produit. Zéro, aucun, nul. Néant. Lui, les bras croisés, le tablier inutile, la chaleur d'enfer du four à pizza, le demi-stère de bûchettes artistement empilées.

L'Inter a perdu hier contre Barcelone. C'est une raison d'être triste, sans doute, mais ça n'explique tout de même pas cette exception absolue : personne ! Pas un chat, pas une âme ! Tout à l'heure, croyant rêver, il s'est même pincé. Et puis, les voitures passent dans la rue mouillée, les gens circulent sous les parapluies. Ça ne s'invente pas.

Sa tante – c'est un restaurant familial – se contente de trouver que c'est calme. Giorgio, le cousin, ne s'inquiète pas non plus. Les autres sont en cuisine, où Giovanni les soupçonne de jouer tous aux cartes.

Giovanni a les larmes aux yeux. La défaite de l'Inter n'explique pas tout, non. Il y a quelque chose d'autre. Ce vide, ce sentiment horrible. Il est mort. Soudain, il le pense, il le comprend. Évidemment, il est mort, c'est ça. Ce néant, ce silence assourdissant, le réel autour de lui comme vu derrière une vitre, et vide, vide. C'est donc ça, la mort? Il a posé la main sur sa poitrine et, en effet, pas de battement.

Et Giorgio, et la tante? Si on regarde bien, ils se comportent exactement comme si Giovanni n'était pas là. Et c'est la réalité: il n'est pas là. Ou il est là comme fantôme. Enfin, il est mort. C'est terrible, c'est froid, c'est mou, c'est vertigineux. C'est plat, c'est ennuyeux, c'est désert et solitaire, la mort.

Au moins, il n'a pas souffert. Il réfléchit: quand a-t-il bien pu mourir? Peut-être hier soir, au coup de sifflet final, 1-2 pour Barcelone, il a fait semblant de se taper la tête contre le mur, peut-être y avait-il un clou à cet endroit?

Non. Il se souvient tout de même s'être couché. Vaguement. Il avait bu pas mal, c'est vrai. Il était donc mort dans son sommeil. Ivre mort, et puis simplement mort. Pourquoi pas? C'est une chance, finalement, de mourir sans agonie. Sans s'en apercevoir.

En même temps, il se souvient aussi de son réveil, ce matin. Mais c'était peut-être déjà un réveil de fantôme. Une sensation irréelle.

Alors, comme s'il mourait une seconde fois, Giovanni sent ses forces le quitter et il a juste le temps de saisir une chaise, où il tombe plus qu'il ne s'assied. Quelle horreur et quelle ironie, il se dit. Être mort, et pourtant autour de soi cette impression tellement réaliste! Être mort et être bizarrement comme si on était encore en vie. D'ailleurs, sa tante est là, qui lui pince la joue et lui demande si tout va bien. Il dit oui, oui, mais qu'importe, puisqu'elle ne peut pas l'entendre. Sa tante lui tire un peu les cheveux et ordonne à Giorgio d'apporter un verre de quelque chose de fort.

— Whisky?

— N'importe quoi, Giorgio, mais vite.

Alors, Giovanni reçoit le verre de Giorgio, le saisit, le porte à ses lèvres, aidé par la tante, et avale une gorgée.

C'est sûr, ça réveille un peu. Giorgio lui donne une tape comme Giovanni n'aime pas et le traite de femmelette. Giovanni lui lance un juron acceptable entre cousins seulement. La tante a passé un torchon sous le robinet et le passe à présent, froid comme il faut, sur le front et le visage de Giovanni.

Moment choisi par des clients pour pousser la porte et entrer. Replier les parapluies. La tante leur indique une table. Giovanni, soudain récupéré, prend deux menus sur la pile, s'approche de la table et les donne aux clients, qui les refusent, en disant :

– On sait déjà : on voudra deux pizzas Margherita et un quart de rouge.

– Deux Margherita et un quart de rouge ?

– Oui, et excusez-nous, si ça peut aller vite, s'il vous plaît, parce qu'on n'a pas beaucoup de temps.

Alors Giovanni fait volte-face, lance à Giorgio le « *due Margherite !* »

Giorgio s'empare de deux pâtons sur le plateau garni. Et la tante derrière le bar s'est accroupie pour remplir un quart au cubi de vin du patron, qu'on range sur le tabouret à côté du frigo.

Giovanni le prend. Sa tante lui enjoint de ne pas le renverser, parce qu'il n'avait pas l'air dans son assiette tout à l'heure.

— Oui oui, mais maintenant ça va.

Le parapluie de Monsieur Emerson

Le parapluie se trouvait dans un ancien seau à charbon – objet inutile depuis un siècle et devenu décoratif. À l'entrée du bistrot, à droite. C'était monsieur Emerson qui l'avait oublié. Lydie, la fille du comptoir, en était certaine.

Monsieur Emerson venait d'Amérique. Il était né tout près des chutes du Niagara. Il disait. Puis il avait débarqué en Belgique on ne savait pas très bien quand, parce que ses explications variaient et sa biographie était, dans sa bouche, disons, assez instable. Au *Duc de Brabant*, place de la Patrie, on le voyait quatre soirs par semaine. Un homme seul. Et puis, il aimait la bière, la compagnie, bref, il passait au moins quatre semaines accroché au comptoir. Jamais une dette, jamais une ardoise. Un gentleman.

Quand il pleuvait, il portait un assez joli imper et on le voyait par les baies mouillées du café arriver sous le champignon noir de son parapluie.

On pensait qu'il était mort : depuis trois semaines, on ne le voyait plus.

Lydie affirmait que le parapluie dans le seau à charbon à l'entrée était celui de monsieur Emerson. Elle refusait de l'en retirer, « au cas que », disait-elle, il reviendrait le chercher.

Vendredi dernier, le parapluie a disparu. Il tombait des cordes et quand Lydie a fermé le café vers une heure du matin – ou plutôt une heure « de la nuit », parce que Lydie a son langage à elle – le seau à charbon était vide. Sûrement, un salopard sans vergogne et sans respect pour les vivants et pour les morts avait trouvé malin de s'équiper gratis d'un parapluie qui n'était pas à lui. Lydie lui aurait arraché les yeux.

Surtout que le lendemain, samedi, quand elle a pris son tour de service à 13 heures, elle a vu, sur le trottoir de l'autre côté de l'avenue, monsieur Emerson passer comme une âme en peine, dans son imper et sans parapluie, sous l'averse. On lui a tous dit qu'elle avait dû se tromper, le prendre pour un autre. Mais elle maintenait. Elle était même sortie, avait appelé, mais le bruit du tram, des voitures, de la pluie, enfin, monsieur Emerson avait continué son chemin sans l'entendre et sans se retourner.

Pourquoi le cacher, c'était moi qui avais pris le parapluie dans le seau à charbon. Soi-disant celui de monsieur Emerson. Il pleuvait comme vache qui pisse et j'étais sans protection. J'aurais été bête de ne pas le faire.

Lydie est congolaise ; elle a beau être née ici, elle prétend détenir l'héritage d'une tante de là-bas qui en savait un bout sur la vie au-delà de la mort, les esprits et ces choses-là. Sa parole est du genre véhémente, et ses affirmations totalement irrationnelles ont fini par me troubler. Et tant que le parapluie de monsieur Emerson ne reparaîtrait pas, disait-elle, il n'y aurait pas de paix pour lui, ni pour le voleur, ni dans le monde des esprits, ni dans notre monde.

Le hasard lui donnait raison. Puisque lundi, une des baies du café était brisée. Personne n'avait vu quand ni comment ni par qui, mais le fait était là. Mardi, un tram et une voiture sur l'avenue se sont emboutis et la conductrice de la voiture a été emmenée en état grave par l'ambulance à l'hôpital. J'ai commencé à me sentir, sinon responsable, du moins visé.

Hier, mercredi, le bistrot n'a pas ouvert. Sans doute Lydie était malade, ou sa collègue, ou je ne sais pas, mais le *Duc de Brabant* est resté fermé.

Hier matin, j'ai déposé, à 6 h 30, alors qu'il faisait encore tout noir, mais pour être sûr de n'être pas vu, le parapluie de monsieur Emerson sur le seuil du *Duc de Brabant*, couché. Et le soir, comme si de rien n'était, je suis venu m'asseoir au comptoir, selon mon habitude, et ma surprise n'était pas mince de voir, quand j'entrais là, au comptoir aussi, à sa place également habituelle, monsieur Emerson. Sa petite moustache, ses yeux ronds, sa bière.

Bon.

Je me suis assis, j'ai salué. Lydie a tapé le comptoir du plat de la main devant moi en proclamant avec son énergie habituelle : « Sais-tu pas que monsieur Emerson est revenu ? Il était en voyage. Tout simplement, il était en voyage. »

Moi : – En voyage ?

Lydie confirmait une fois de plus. Je me suis penché, pour accrocher le regard de monsieur Emerson, et lui ai demandé :

– Et vous étiez en voyage où ça, Monsieur Emerson ?

– Chez un proche parent, en Amérique, un enterrement, voyez-vous.

Je vois, je vois, j'ai dit.

Il n'était pas mort du tout.

Le parapluie que j'avais ramené le matin penchait à nouveau dans l'antique seau à charbon. Je lui ai carrément demandé, à monsieur Emerson :

– Il est à vous, ce parapluie ?

– Lequel ?

– Ben, celui-là, dans le seau, à l'entrée.
– Non, pourquoi ?
– Vous en êtes sûr ?
– Tout à fait sûr. Le mien a la poignée recourbée. Et pas droite, comme ça.

J'étais furieux. Sans trop le montrer. Lydie ne laissait rien paraître et servait les clients.

Anna de Bruxelles

L'hôtel se trouvait au carrefour de la rue de l'Abbaye et de la chaussée de Vleurgat.

Aujourd'hui, on y voit un immeuble de rapport, à appartements, en briques rouges. Spontanément, on dirait : laid. Mais finalement peut-être pas.

L'hôtel se dressait là. Celui, somptueux, d'Anna Boch. Non pas un hôtel de tourisme, bien entendu, mais une maison de maître, un hôtel particulier. Que des masses et des sphères d'acier plombé pendues à des chaînes ont fait voler en éclats. Travail des démolisseurs, intéressant entre tous.

Elle, Anna Boch, en avait confié le dessin à un architecte qui était surtout un peintre, un de ses bons amis, qui s'appelait Hermanus. Un nom flamand. Cet Hermanus avait édifié un véritable monument de raffinement bourgeois, concevant la maison comme une œuvre graphique, de l'arrondi des marches de pierre à l'entrée jusqu'aux filigranes des paratonnerres et des girouettes. C'était la première année du siècle, 1901.

C'est cela que les démolisseurs ont abattu en 1954, un jour, puisque tout s'use, tout s'abîme. Les architectes meurent, les propriétaires aussi. L'hôtel avait vécu 53 ans.

On a dû sans doute récupérer deux ou trois éléments décoratifs, et puis piller un peu aussi, et des reliques, des lambeaux, peut-être quelques lambris de bois africain, un vitrail de type Nabis à fleurs, paons ou canards subsistent-ils quelque part dans d'autres maisons bruxelloises, récupérés, ou chez un collectionneur américain.

Anna Boch fut la seule personne à avoir acheté un tableau à Vincent Van Gogh. Du vivant de l'artiste, s'entend. Et c'est un titre de gloire.

Allons. Entrons. Disons que nous sommes en 1905. Ou 04 ou 06. Il y a des voitures à cheval, le pavé est irrégulier et sonore, sent le crottin comme aujourd'hui les rues touristiques de Vienne ou de Bruges où des cochers poussent des chevaux tristes. Pareil à l'époque. Même odeur. Même jointoyage de paille et de merde entre les pierres. Une automobile peut-être, et puis, si nous sommes le matin, la micro-carriole du laitier, attelée à un gros chien.

On entre. Il fait sombre. Ça sent la cire et l'encaustique, à cause des meubles et du bois partout. Tout à l'heure dans la rue le passage tintamarrant d'une automobile sur ses roues à rayons jaunes nous a fait songer au Congo, à cause des pneus, qui sont en caoutchouc : le caoutchouc vient du Congo, arrive en masse au port d'Anvers, affole la bourse et fait la fortune du commerce. À présent, à l'intérieur, on pense à nouveau au Congo, à cause des boiseries d'hévéa et des parements d'ébène. On pousse une porte. Le bouton de porte de ces demeures d'alors se hausse presque au niveau du menton. On aime bien. Le cuivre est joliment travaillé. Agréable dans la paume. Tiens, sans doute un morceau de sol du Congo aussi.

Les tapis sont profonds. Oh, quel art de vivre nous avons perdu ! C'est la salle de musique. Deux pianos de palissandre en tête à tête. Sur une selle gracile, entre deux fenêtres qui donnent sur la rue et embrassées de lourds rideaux, une longue, filiforme statue d'Africaine en ivoire, nue, les bras levés, façon Aphrodite. Dans Aphrodite, de toute façon, il y a Afrique. C'est clair depuis le début. Approchons-nous. Personne ne nous voit. Les tapis profonds bâillonnent même les craquements du parquet. Alors on touche doucement, comme on ne peut pas le faire hélas dans les musées, le corps d'ivoire de l'Africaine, les seins, les bras froids et suaves, les fesses. Les pieds étonnamment longs. À peine une veine noire marbre-t-elle l'immaculée conception ivoirine. Les doigts d'une finesse de pétale ne demandent qu'à se briser, et sont comme un défi au temps. Nous la voyons entière, comme nous verrions entière la Vénus de Milo. Profitons de ce privilège. Touchons-la et prenons-la à deux mains jusqu'à sentir vibrer dans nos poignets, dans nos bras, l'éléphant qui porta ces défenses. Jusqu'à percevoir dans nos os, là, jusqu'au coude, le choc de sa chute quand la balle du chasseur blanc l'a abattu. Jusqu'à ce que l'ivresse sauvage des vastitudes animales barrisse, façon acouphène, dans la mémoire involontaire de notre oreille interne. Et jusqu'à ce que ce bruit de porte derrière nous, soudain, subit, nous arrache à notre rêverie et nous effraie. On va nous demander ce que nous faisons là. On va nous chasser. Serions-nous un chapardeur ?

Et puis non. Le domestique qui vient d'entrer, et qui n'obéit pas à nos standards d'hygiène, notamment buccale et capillaire, ne nous voit pas. Il nous ignore. Comme tout le monde, il ignore l'avenir.

Anna Boch peint. Elle est riche à millions. L'argent vient de ses parents, qui gèrent une prospère fabrique de faïence et de porcelaine. Aujourd'hui, cent ans plus tard, non moins prospère, d'ailleurs.

Anna Boch a un frère, qui est un jeune homme maigre, et qui peint également.

L'escalier qui mène à l'étage est large, tournant en coude et se rétrécissant légèrement, en forme générale de trompes de Fallope. Des fenêtres à vitraux accompagnent l'ascension, posées elles-mêmes en gradins, et représentant des chérubins, un dragon et des cygnes. Anna Boch sera-t-elle là ? On entre dans sa chambre, ses appartements. S'y dresse un grand paravent de Maurice Denis à cinq feuilles mimant en bleu, noir et blanc des tourterelles buvant à un entrelacs de rubans d'eau. Derrière le paravent, oui, Anna Boch est là. De dos, les cheveux sombres et volumineux remontés en bandeau, avec un chignon au milieu. Une œuvre d'art de coiffure. On la voit prendre quelques gouttes d'un flacon de cristal bleu et vert. Véronal ? Morphine ? Ou simplement eau de Mélisse ?

On voudrait la toucher. Mais là, ce qui était possible avec la statuette d'ivoire ne l'est apparemment plus avec les êtres de chair et de souffle. On s'est approchés, et quelque chose nous a retenus. Quelque chose comme notre propre inconsistance.

Gigi, le dimanche

Ce qui l'avait piquée portait le nom de *carabe* et ce n'était pas à proprement parler une piqûre, mais un jet d'acide. Le carabe violet projette par le cul une goutte de venin à trente ou quarante centimètres, technique de défense. Et Gigi, qui s'était couchée dans les épis, avait fâché l'insecte. Elle en était punie. Elle avait mal, elle pleurait, la partie de cache-cache prenait fin. Son père était comme d'habitude en colère contre la belle-mère ; sa mère inspectait le visage de Gigi, ne savait pas encore la cause de la rougeur sous l'œil. Le frère se plaignait au grand-père de la fin du jeu et des gémissements de sa petite sœur, qui trouvait toujours une façon de saboter les parties de cache-cache par peur de perdre. L'après-midi traversait son moment aigre. Bientôt, l'ennui du loisir ferait place au souci du travail, dimanche finissait ; venait lundi.

Maria dans les dunes

Printemps 1894. Une petite villa dans les dunes. Non, c'est moins une villa qu'une maison de pêcheurs reconvertie à l'usage d'un citadin aimant le calme poétique d'une côte, d'une mer du Nord qui n'a encore aucun tourisme en dehors de deux ou trois stations, comme Ostende ou Le Coq, où tout se concentre. Marie Monnom, devenue par mariage madame Van Rijsselberghe et par habitude et affection Maria plutôt que Marie, se repose là et se doit d'accueillir, par charité artistique, un grand poète en besoin de se poser, de se reposer, ressourcer, aspirer l'influx de la mer, s'inspirer de ses grands rythmes, car la page blanche de l'écriture est comme l'estran des marées, page, plage, couverte et découverte par l'immense puissance de l'encre, perpétuellement renouvelée, infatigable obéissance – ce mouvement des marées — sur la terre aux influences du ciel : de la lune au moins, de tous les astres et de l'invisible par éloignement. Verhaeren. Ses longues moustaches comme les ailes d'un oiseau de mer mouillé, pendantes, à la porte : je peux entrer ? Maria, sur le seuil :

– Mais bien évidemment.

Un mètre cinquante, ce petit bout de femme, à vue de nez. Combien mesurait Verhaeren ? Un mètre soixante-huit, dit-on. Plus le génie et la moustache. Elle a vingt-huit ans ; il en a dix de plus. Elle a épousé un peintre qui promet de devenir célèbre ;

elle a enfanté une fille de lui, Élisabeth, qui n'a pas quatre ans. Qui est en ce moment dans leur maison de Bruxelles aux mains d'une nourrice ou gardienne, comme cela se faisait. Maria connaît Verhaeren, parce qu'il venait parfois voir sa mère à elle, qui était son éditrice. C'est la première fois pourtant que le tête-à-tête se produit. Qu'elle se sait vue par lui, seule à seul. Qu'il ne s'adresse à nul autre quand il parle. Sauf à la servante, qui est discrète.

Maria sera toute à lui. Je serai toute à vous, au service de votre écriture, je ferai silence quand vous aurez besoin de silence, et la conversation quand vous souhaiterez parler.

Nulle servilité, mais de l'amour. Il n'y a pas de Dieu, le sacré que l'on sent partout pourtant n'a qu'un truchement : l'art. Et l'art ne se distingue pas davantage des artistes que l'oxygène de l'air, que la chaleur de la lumière. Voilà.

Les promenades dans le sable, au fléau du vent et de la mer du Nord, parmi les oyats qui sont des brins de fouet, des balais naturels pour nettoyer l'esprit, fouailler le corps, ont fini par donner des idées au poète et à sa dévote. La frêle cloison de planches qui sépare les chambres, et le plancher sonore et communicatif qui soutient l'étage au-dessus de la cuisine et de cette petite salle avec un divan et des livres, une table et une lampe à chapeau d'opaline laiteuse en forme de sein, forment des écrans trop fins pour contenir le désir. Tout est trop proche et poreux pour que la concentration du poète ne soit pas constamment submergée par l'envie – disons, l'amour – de prendre ce petit bout de jeune femme aux petits seins, aux yeux dévorants, à l'admiration si palpable, qui certainement n'attend qu'une chose, qui congédierait la servante à l'instant et sous le premier prétexte, qui fondrait et brûlerait ensemble, cire et mèche.

Pendant une semaine, la pression monte dans la cocotte qu'est devenue la petite maison dans les dunes, isolée, environnée de vent – celui du nord : l'aquilon, qui tient ensemble tous les rivages de cette mer et de la Baltique. Nul n'a dit si l'on voyait, par-dessus, des ondes de désir ou flotter des chaleurs, ou si parfois le soleil faisait tomber par un orifice oblique dans les nuages, un flot raide et dru de lumière jaune. La petite main de Maria sur la grande et décharnée du jeune maître poète, sur l'accoudoir de velours bleu du divan ; la pénombre, la pluie battant les vitres ; le craquement de la cabane comme d'une barque ; lui la mèche bandante et elle la cire fondante. Saviez-vous, Maria, que tout cela est comestible ? Que l'on ferait un festin de ces turgescences et de ces ruissellements ?

Mais l'histoire a des portillons ouverts, et d'autres fermés ; c'est par là qu'elle impose à chacun le labyrinthe de son itinéraire. Le coup ne partit pas. On se sépara d'urgence. Verhaeren s'excusa : je suis venu pour écrire, et ce qui se passe entre nous m'en empêche désormais, adieu, je vous sacrifie à cela.

Maria la petite dame n'est pas fâchée peut-être d'avoir gardé sa position de spectatrice. Elle aura vu, avec quelque cruauté, ce désir – le sien aussi – se tordre comme un animal dans le feu, elle aura gardé dans son cœur cette impression durable, beaucoup plus durable que des éjaculations, des corps fatigués, peut-être décevants. S'épargnant aussi des scènes conjugales et de vaudeville, après, et qui se mangent froides. Elle aura pensé que dans la bile ou le fiel spécial de l'inaccompli et du refusé, dans cette difficile résistance au bonheur, se trouve une porte étroite, qui mène à quelque chose de mystérieux, et de plus désirable en fin de compte.

Avec François

Il y a un moment émouvant. C'est quand, dans le jet de la fontaine, les gouttes approchent le sommet de leur arc, ralentissent, ont un imperceptible instant d'arrêt puis, pour retomber, reprennent lentement de la vitesse. C'est cette lenteur, au début de la chute, après la violence de l'ascension, avant le retour au bassin, qui me donne le vertige. C'est comme un ralenti inattendu dans un film, un adagio envoûtant dans une sonate, un arrêt du cœur. La suspension qu'on doit sentir quand on meurt. La sensation que j'ai quand dans un rêve un méchant m'envoie une balle dans le corps.

Ce jet-là, c'est celui du square Marie-Louise, où on allait, avec François. Il y a des maisons Art Nouveau à toits pointus au premier rang et, derrière, les élévations de verre et d'acier du Conseil européen. Des touristes qui prennent des photos, des poules d'eau dans l'étang, des hérons qui le survolent en passant, superbes, cinq mètres au-dessus du sommet du jet d'eau, son panache d'écume et son moment émouvant de début de retombée. Il y a le vent qui se prend là-dedans comme dans une voile, qui entraîne les gouttes tombantes et les étire en un rideau argenté, latéral, comme une harpe, où la lumière colorie des irisations à briser le cœur et dont François n'avait rien à foutre.

Juan Calvo et son livre de moins

Je le rencontrais parfois du côté de la Commission européenne dans un bar pourri tenu par des Moldaves, derrière la place Jourdan. Son visage me disait quelque chose et j'ai mis longtemps à le reconnaître. Sans doute, il avait changé. Mais surtout, le contexte détonnait.

Il remplissait des grilles de mots fléchés difficulté 4/5. En buvant du café, pendant des heures. Un jeune homme comme ça, c'était triste à voir. Les épaules rentrées, de l'égarement dans le visage, les cheveux gardant les méplats de l'oreiller. Il avait le teint cuivré, sud-américain, quasiment imberbe. Et le visage curieusement allongé.

Je l'avais connu à Paris lors de la remise d'un prix littéraire. La bourse Espoir de la fondation Banque de France. Un des rares jurys dont je fasse partie, du reste.

Il était brillant. Cela faisait peut-être six ou sept ans. Loquace, à l'aise, trop même, quasiment arrogant. Je me rappelle qu'il ouvrait grand les bras et les mains quand il parlait. Occupait une place considérable. Aucune table n'était trop large pour que ses mains ne la prennent aux deux bords quand il se penchait pour discourir. Et sa voix portait loin.

À la réflexion, il aurait fait un bon comédien, ce garçon.

Juan Calvo.

On le voyait déjà Goncourt ou Renaudot. Il était d'une famille riche, et l'argent va à l'argent.

Il m'avait fait, je me souviens, l'effet d'être très menteur. Un enfant gâté, doué, trop doué, de la facilité en tout, et s'offrant la facilité supplémentaire du mensonge et de l'hypocrisie. Souple, très, très souple, supposant – probablement à cause d'une éducation reçue – que tout ce qui lui est utile est permis.

Un vaste sourire, forcément séducteur, forcément carnassier.

Bref, Juan Calvo sous les dorures du plafond dix-neuvième de la Banque de France. Le champagne allait bien à sa main. C'était un personnage de Buñuel. Ou plutôt le fils d'un personnage de Buñuel.

Son père était ambassadeur. Juan parlait cinq langues et, du reste, avait publié deux romans directement en français. Il avait dit – et je l'avais entendu le répéter à la radio, plus tard, par hasard, j'étais en voiture – qu'écrire en français pour lui c'était comme cela avait dû être pour Beckett.

Personnellement, je n'aimais pas du tout son premier livre. Grandiloquent et creux, une resucée – même si brillante – des lieux communs de la littérature sud-américaine, transvasés en français. Je n'avais pas pu lire son deuxième. C'était de son deuxième, je pense, ou bien d'un troisième, qu'il parlait à la radio quand je l'avais entendu par hasard. Il m'agaçait au point que j'avais fait un accident. Rien de très grave, j'avais enfoncé un poteau bas dans le centre-ville. L'aile avant, phare inclus, deux mille euros je crois. Tout ça parce que ce prétentieux avait répondu au présentateur : « Un livre de plus au compteur ? Non. Je dirais plutôt un livre de moins. Car écrire, c'est se dépouiller pour atteindre une nudité inconnue. »

Quelque chose dans le genre.

Et dans la bouche d'un enfant gâté, ça m'avait mis hors de moi. Je n'avais pas bien regardé ces espèces de plots qui délimitaient la zone piétonne – des pièges, des plots de cinquante centimètres, trop bas pour être vus. Et *bang*, l'aile. Ou plutôt *scrotch*.

Juan Calvo et son livre de moins.

Et puis, quelques années plus tard, celui-là, celui-là même, dans un bar triste, à remplir des mots fléchés dans la longueur des jours, les grandes jambes ouvertes sous la table et le jean tire-bouchonné.

Niveau 4/5, tout de même. Il n'avait pas tout perdu.

Comment on meurt

Les choses comme elle sont. Il s'est vidé de sa pisse avant de mourir. Ça coulait clair comme de l'eau pure à travers son pantalon. Un jean noir. Il était assis. Sa panse abondante était nue, découverte, et son pullover retroussé jusque sous les aisselles, à cause de ceux qui l'avaient porté. Porté, tiré, sorti et posé sur une chaise, sur le trottoir. En espérant le sauver. Pas une mince affaire, un lascar de cent vingt kilos, inanimé sinon inconscient.

Comment ça s'est passé? Qu'est-ce que vous voulez qu'on vous dise… Il mangeait, il a dû avaler un morceau trop gros, il a bu un verre de vin.

Un autre:

– Déjà ce matin, au Roi Baudouin, il était pas en forme.

Langue gris mauve, comme celle des aras. Bave. Les yeux qui se ferment. L'impression en permanence qu'il s'est étouffé, et pourtant un respir rauque rémanent, obstiné. Mal rasé. Quelqu'un qui ne peut pas s'empêcher de dire qu'il se vide, en voyant la cascade d'urine au travers du pantalon. On pense bière, excès. On demande s'il a avalé sa langue, on lui met un bout de carton – un sous-bock – dans la bouche, sur le conseil d'un gars livide mais breveté en secourisme et prévention AVC. Les gens du bistrot hésitent à débarrasser la table où le bientôt mort – qui sait – a pris son dernier repas.

Des écolières descendent la rue, serrant leur classeur sur la poitrine, échangeant des mots, le regard fixe sur le gros lard tout gris. Sur l'homme. Les secours arrivent. Rayonnants de couleurs vives, fluorescentes, giratoires.

– Jean-Louis ! Tu m'entends, Jean-Louis ?!

Tout le monde l'entend sauf Jean-Louis, c'est à craindre. L'ambulancier prend le relais :

– Monsieur ! Vous m'entendez, Monsieur ?!

Alors, les copains qui l'avaient assis cèdent la place aux professionnels, qui l'allongent sur le pavé et déjà pratiquent sur l'énorme corps le massage du cœur. Bam, bam, bam. Se relaient. Car c'est fatigant, semble-t-il. Les buveurs du bistrot regardent. Pour une part dehors, les fumeurs ; pour une part dedans, derrière les grandes vitrines. La télé plus haut parle de malheurs lointains sans se rendre compte de rien.

Même les flics sont là. Pour régler la circulation que l'ambulance stationnant risque de gêner. Deux femmes flics, une jeune et une en fin de carrière, dans un gilet pare-balles toutes les deux, poids de l'uniforme. Elles font circuler les badauds. Puis, quand il n'y a pas de badauds, elles font les badauds.

La chaise compissée par le mort est ramenée à l'intérieur par le tavernier qu'on voyait tout à l'heure fumant, consterné, sur le trottoir, quand son client mourait. Très vite et pour n'y plus penser il a donné sur l'assise un coup de torchon, selon toute apparence insuffisant. Puis il a jeté le torchon dans un coin, au sol. La tristesse était sur son visage et le travail continua.

Sueur

Les mains glissent sur le volant. Inhabituel. Elle n'est pas en général une transpireuse. Même, le contraire.

Par exemple, quand elle jogge avec Mareike, elle voit le tee-shirt de Mareike progressivement se mouiller de sueur et lui coller au dos, se creuser sur la poitrine. Mais elle, Janneke, rien. Dix ou douze kilomètres, elle les court facilement, mais sans tremper le tee-shirt. Alors là, c'est inhabituel, assise dans l'auto, sans chaleur particulière, temps gris, 17h55 sur le ring de Bruxelles, direction Malines, dans l'embouteillage quotidien, retour chez elle. À la radio, de la musique classique. Wagner, précisément. Devant, un grand camion immatriculé en Espagne ; sur le côté, un resquilleur en BMW qui a cherché à se glisser entre elle et le camion.

Les mains glissent et avec la manche de son gilet Janneke essuie le volant puis elle se frotte les mains sur les cuisses.

Clignotant.

Un motard complètement inconscient, sans casque.

Fin du Wagner, la publicité, l'heure pile et les infos.

Charles

1792, octobre.

À Belœil, le château a des formes de femme, de croupe, de seins, de fesses, de joues, de bouches et de tétons, de mamelons, et une ceinture d'eau, douves redoutables alimentées par des femmes fontaines.

Le grand prince n'y est pas. Vienne le retient. L'empereur, le service. Et le convoi funèbre du fils, Charles, dont on ne sait exactement ce qu'il reste de la tête, ce que le boulet a épargné, fait depuis Mons la route de nuit, précédé et suivi d'une coulée de lave humaine, de flambeaux fervents. Et le fils qui n'est plus arrivé dans un château où son père n'est pas. Belœil, le palais du prince rose, est tendu de velours noirs, de broderies d'argent, de la pompe la plus propre à rendre la mort élégante. Car Ligne sait, et affirme dans ses papiers, que son fils mort à l'assaut, en première ligne, menant ses hommes, a perdu la vie dans un dernier sentiment de joie. La peine est pour ceux qui restent.

Les torches sont éteintes. Le bassin long où bruit une carpe et qui va s'élargissant s'enfonce dans la masse des arbres ; et la tonte des pelouses, autour, dans l'aube laiteuse qui point, humide, évoque quelque toilette intime aux formes géométriques. Des buis arrondis sont des boutons de plaisir ; des ifs coniques font des quinconces.

Il ne faut pas laisser se perdre l'émerveillement et l'esprit de surprise.

Règne végétal

Il oubliait d'arroser les plantes vertes. Oubli rare, parce que les plantes généralement lui parlaient, silencieusement, mystérieusement, et savaient lui rappeler le service quand elles avaient soif. Pourtant, il était en train d'oublier. Il passait devant elles, dans le salon, dans la salle à manger, dans le hall, n'y pensant pas, sortait finalement et refermait derrière lui la porte à clé.

Dans l'avenue, il devait s'arrêter pour traverser. Attendre le feu vert, au pied d'un arbre.

D'aucuns auraient dit que c'était le vent, même s'il n'y avait pas de vent : lui savait que l'arbre avait fait exprès de tapoter son épaule du bout d'une de ses basses branches. Alors il se souvint des plantes vertes, consulta sa montre-bracelet et remonta chez lui les abreuver.

Il sentait le bien que ça leur faisait. Il leur parlait, mais dans sa tête seulement. La communication passait par là plutôt que par la parole articulée, c'était son opinion, son sentiment. Un très beau potos dégringolant était occupé à lui dire merci par mystérieuses émanations de sens quand un bruit épouvantable et strident annonça un accident de voiture. Il se précipita à la fenêtre et se pencha pour voir, dans le tronc de l'érable qui l'avait prévenu, une auto rouge encastrée. Il eut d'abord mal pour l'arbre. Il se hâta de terminer l'arrosage. Deux voitures s'étaient arrêtées.

On attendait les secours. Le conducteur avait la tête sur le volant, complètement sonné, immobile, mais on voyait cligner ses yeux.

On ne parvenait pas à ouvrir la portière. On passa par l'arrière. Le conducteur ne répondait pas, ne bougeait pas. La radio chantait. Une dame cria : « Ne le touchez pas, s'il a une fracture du crâne, il ne faut surtout pas le déplacer ! »

L'ambulance arriva vite.

Alors, touchant l'écorce et le tronc de l'arbre meurtri qui lui avait tout à l'heure rappelé la soif de ses plantes vertes, Antoine s'en alla, traversa l'avenue, passa devant la synagogue et prit le tram 51.

Rendez-vous

Elle avait chanté dans des chœurs. Elle savait très bien dans quelles chansons, quels enregistrements, elle les reconnaissait. Sa voix était plutôt fondue dans la masse – on va dire l'harmonie – mais certains éclats, comme dans *You'll be alone*, c'était elle, toute nue. Alors d'entendre dans les cafés, les lieux publics, quarante ans plus tard, les chansons de quand elle avait vingt ans, c'était à chaque fois un friselis le long de la colonne vertébrale, et un peu plus.

Elle ne le disait à personne, pourtant. C'était sa fierté, sans doute ; c'est un peu sa honte aussi. Bizarrement.

Soixante ans, récemment divorcée pour la deuxième fois, bas nylon noirs, jambes croisées, au bar Murphy en face de l'opéra. Évelyne. Elle boit ? Des bulles. Pommettes rouges, blonde, ridée dans l'orientation du sourire. Lunettes pas du dernier cri. Sac à main à bandoulière chaînée dorée. Mince, de beaux restes et certainement de l'expérience.

Déçue par son rendez-vous. Arrivé vingt minutes en retard et avec vingt kilos de trop. Poivre et sel comme sur la photo, ça oui. Mais il avait caché le surpoids.

Toujours gentille, Évelyne. C'est dans sa nature. Du coup le type a l'air de penser qu'il lui plaît. Pénible. Regarder au plafond, les ampoules, regarder la pointe de ses souliers. Quand soudain, *You'll be alone* ruisselle des enceintes. Le friselis le long de la colonne vertébrale. Le temps est suspendu, comme si quelqu'un d'invisible était entré dans le Murphy's, avait tendu le bras, indiqué Évelyne, et dit : « Vous ! Vous, là ! » Et l'avait enveloppée de lumière magique et pénétrée d'une joie bizarre. Transportée par capillarité dans les éponges de la mémoire et le temps poreux. Impatientant le gros lard poivre et sel qui depuis trois minutes n'a ni réponse à ses questions ni réactions à ses appels du bout du doigt dans le mou de l'épaule. Mou qui donnait envie, d'ailleurs. Tout de même, on n'a pas idée. Elle retombe sur terre. S'excuse. Même, se confond en excuses. Mais l'autre, eh, oh, ça va, il a compris, et il se barre.

Elle, elle reste, elle a envie de finir ses bulles. Elle se demande s'il a payé.

Là

Bandana à la pirate dans les cheveux, tee-shirt orange criant en grosses lettres sur le dos le nom de la firme qui l'emploie, le jeune homme enfourche une bicyclette, charge sur ses épaules un coffre cubique thermostatique et part sur les grands braquets livrer deux menus japonais dans un coin de la ville.

Au Plattesteen

Elle : – Moi, je vais prendre une blanche, avec une rondelle de citron.

Lui : – Elle est à combien, votre triple Westmalle ?

Un joli néon en italiques écrit *Maes Pils* en lumière rose sur le mur saumon. Une grosse horloge indique 17 h 23.

Lui : – Qu'est-ce qui l'empêchait de rester ?

Elle : – Ils ont un grain, tous les deux. Il ne faut pas se poser de questions là-dessus.

Une rousse à cheveux courts, en pantalon rouge. Une châtaigne à gilet tigré noir et blanc, tandis que derrière et cachée par une colonne une voix de femme part en spirale de rire comme un feu d'artifice, du grave à l'aigu jusqu'à l'éclat. Puis qui repart. Un fond de radio, jusque-là inaperçu.

Elle : – J'ai aucune envie de rentrer là-dedans. C'est de l'énergie perdue. Pourquoi est-ce qu'il me dit : tu as encore parlé à ton RDF ?

Dehors, une averse tombe, aussi subite, aussi brusque qu'au cinéma.

Elle : – En Belgique, c'est pas comme ça.

Essuie-glace. Camionnettes. Parapluies jaune pâle, noir (lamellé d'argent par la pluie) et bleu turquoise, plus loin. Barbu placide. Pakistanais comme si de rien n'était, chauve, sans veste, ventripotent, insensible au mouillé.

Sous le miroir, trois nouveaux clients, un Allemand, deux Allemandes passent commande au serveur.

Lui : – Il faut voir quelles sont les clauses…

Le serveur apporte aux trois nouveaux clients une Westmalle brune, une Westmalle blonde et un café au lait. La plus jolie prend le café au lait.

Elle : – C'était 650 euros par an.

Le mot de passe du wifi : « takis1968 ». Moelleux au chocolat : 6,50 euros.

Un passant pousse la porte avec un air dégoûté d'avance, jette un coup d'œil et repart aussitôt. Le lieu n'est pas son genre.

Les rires reprennent derrière la colonne.

Le pantalon rouge : – Tu vois le club d'aviron, sur le canal ? Là, juste à 300 mètres, il a sa…

La cuiller tinte dans le café au lait. Elle sourit.

Un vagabond se fait refuser l'entrée. Grand, mince, blond, moustachu, long imper gabardine beige, chandail de laine verte trouée au ventre comme par un obus, l'indésirable a pressé le pas. Il ne pleut plus.

Elle : – Supposons qu'il me fasse une offre. Je peux toujours ne pas être d'accord.

Le pantalon rouge : – Je croyais que c'était une bête.

Le pantalon rouge a tendance à tout répéter. Soit que le gilet tigré est un peu sourde, soit par habitude.

– Je croyais que c'était une bête.

Des gens entrent, courant d'air froid. Choisissent une table, changent de table, sous une plaque émaillée publicitaire « Pause-Drink » représentant une femme à grand chapeau, bras nus et tout sourire, qui ressemble fort à l'Allemande et son café au lait.

Lui : – Je les ai pas encore. Je les aurai au mois de juillet.

Deux des rieuses émergent de derrière la colonne et sortent sur le seuil fumer leur cigarette électronique dont les nuages par grosses bouffées envoient des messages sioux et flottants le long de la vitrine.

Une moto rapide, casque rouge.

Nouveaux clients, têtes d'assassins. Surtout l'un des deux. L'autre, par influence ou contagion.

Le pantalon rouge : – Même avec le GPS on s'était perdues.

Le gilet tigré : – Je dois encore monter quatre étages, après.

Le sol en granito compartimenté par des réglettes de laiton en zones de couleur, jaune, gris clair et gris foncé, orange ou brique pilée, couleur difficile à définir. Plus loin, près de la porte, à cause de la lumière, le gris est bleu.

Le gilet tigré a les bras couverts de tatouages et des bracelets de métal. Dans ses cheveux châtains des boucles métalliques aussi passent par ses oreilles. Sa main pend. Le pouce caresse l'annulaire.

Le pantalon rouge se cure les dents avec l'index.

Kwak, Carlsberg, De Kooning, publicités.

Les gens ne pensent qu'à l'argent.

L'Allemande rit, ressemble plus encore à la publicité « Pause-Drink ». On lui mettrait un chapeau jaune, qu'on ne les distinguerait plus.

18 h 11. *Maes Pils*, néon rose bonbon.

Le pantalon rouge se fournit chez les grandes tailles.

Une fissure au plafond blanc.

Les Allemands partent. Le serveur joue de la lavette sur leur petite table vide et les chaises attendent à nouveau, avec leur particulière mélancolie. Muet dialogue avec des banquettes rouges.

La tête d'assassin a une voix d'enfant : – Quand on voit le résultat en Irak, on aurait mieux fait de garder Kadhafi et Ben Ali, que…

Son vis-à-vis : – En Algérie, ils passent la frontière. Le problème, c'est qu'on se mêle d'affaires qui ne nous regardent pas. Tu comprends ?

Le pantalon rouge : – Garde tes distances, je te dis, garde tes distances.

Puis : – Le seul rêve que je fais, c'est que je tombe en avion.

La luminosité a baissé, l'intérieur commence à se refléter sur les grandes vitres.

La tête d'assassin, voix flûtée : – Si ta prise de sang est bonne, t'es tranquille.

Épuisement d'un lieu bruxellois

Forte chaleur. Café populaire en fin d'après-midi. Les gens boivent, ont bu. Une jeune et seule serveuse pour ce petit monde. Inexpérimentée. Le patron fait des économies.

Au mur, un papier griffonné : PAS DE CRÉDIT.

Une femme petite, mince, vieille, énergique, revient des toilettes avec un récipient de plastique qu'elle y a trouvé, une ancienne boîte de crème glace, et demande sans façon qu'on y mette de l'eau pour le chien de sa copine.

– Il fallait le laisser dans les toilettes, c'est pour quand le tuyau goutte.

La vieille, vexée qu'on la prenne en tort, rouspète, dément, contredit. Suggère enfin avec aigreur et des cris et des gestes que la serveuse change de métier, elle ne sait pas tenir un bar : il n'y a plus de papier toilette, et depuis des heures !

Tandis que précisément pendant cette phrase une autre dame sort des mêmes toilettes et observe sur le ton de la remarque objective que si, il y en a, elle vient d'en utiliser, l'autre a dû mal regarder.

La jeune serveuse à la vieille :

– Tu te fous de ma gueule ?

La vieille énergique, le regard un peu vide et criant d'autant plus fort qu'on la prend en tort une deuxième fois :

– Comment tu me parles ?! Je connais ton patron, moi, il n'y a pas de papier, depuis des heures, c'est moi qui le dis et j'ai trente ans de métier derrière moi dans l'horeca.

Exaspéré, je demande un peu de calme, moins d'énervement : j'essaie de me concentrer, je travaille…

Alors là, l'unanimité retrouvée :

– Oh, si c'est pour travailler, on reste chez soi !

Valérie et moi

Un ara gris à queue rouge, qui perche sur une patte et tourne la tête pour vous fixer de son œil rond. Son maître l'a appelé Symphony. Peut-être pour se venger de ce nom ou de sa cage, il est le plus muet des animaux. Le café s'appelle *des amis*; la rue, « Berkendael »; elle est plantée de bouleaux – arbre rare en ville – et deux voitures de police y stationnent en permanence pour garder l'entrée de la prison des femmes.

Désespérant de tirer le moindre mot de son prisonnier, le patron du *Café des amis* a suspendu dans la cage une clochette que l'animal est censé faire sonner, soit par jeu soit par fatalité, dans l'exiguïté de sa volière.

J'y suis entré, moi, dans la prison des femmes. Une fois. Vingt ans plus tôt. Avec mon patron plombier-chauffagiste. J'étais apprenti. Il y avait une chaudière à réparer, un mastodonte. Ça avait été fait en quelques heures et on n'y est pas retournés. Moi, du moins, jamais. Après un an d'apprentissage, j'avais bifurqué. Plus tard, j'ai rencontré un homme qui y allait aussi. Il était dentiste. Il entrait une fois par mois pour soigner tout ce beau monde. J'avais fantasmé, je m'en souviens, sur cette prison. C'était hantant comme un bordel ou l'intérieur d'un couvent.

Et puis maintenant, ma Valérie y est. Et moi, au *Café des amis*, un doigt entre les barreaux délicats de la volière, où l'ara se méfie et désespère. Elle sort à 15 heures. Et je ne sais pas trop dans quel état je vais la retrouver. Son chat a disparu. Je n'ai pas osé le lui dire. Elle va m'en vouloir. Est-ce ma faute, à moi, s'il partait sur les toits et n'est pas revenu ? Je le nourrissais bien, pourtant.

Et j'ai même collé des affiches. Mais quoi, hein, quoi…

Jean-Pierre Rostenne est mort

Y a Jean-Pierre Rostenne qui est mort.

Ah. Qui ?

Jean-Pierre Rostenne. Il est mort.

Il était né en 42. C'était presque un vagabond. Il vivait dans les logements sociaux près de la rue de Dunkerque, je crois. Ou rue du Radis. Il prétendait avoir fait un doctorat de philosophie au Massachusetts Institute of Technology. La médecine aussi, et la poésie. Il se mettait au coin de la rue, il avait un appeau à canards. Parfois, il soufflait dedans, pour voir qui se retournerait. Alors il ne te tirait pas, non, hein, il n'aimait pas la chasse. Mais la vie, la vie. Il ne te tirait pas si tu te retournais, il te faisait signe. Il avait des yeux comme des pastilles à la menthe. Il te faisait signe. Il disait que la vie est faite de rencontres. Il te faisait signe. Pas beaucoup de gens s'approchaient, parce qu'il avait l'air d'un vagabond. Ou d'un fou. Les deux. Il passait son temps au marché aux puces, enfin, lui, il disait : « le vieux marché ». À se dégotter des frusques et des breloques dans ce que les brocanteurs laissent traîner entre les pavés quand ils replient. Et il s'en faisait des bagues. Il en avait les doigts couverts. Des petites bagues, des grosses, faites à partir de tout et de n'importe quoi. En couleurs, si possible. Après, c'était les chapeaux. Toujours sous un couvre-chef. Souvent, il les retournait. Il les portait à l'envers. Moyennant un petit coup de ciseau, ça marchait aussi bien. Tout en attirant mieux le regard. Et puis ça posait question, du coup. Voilà, la bonne définition de Jean-Pierre Rostenne et son chapeau à l'envers : c'était un point d'interrogation vivant, l'incarnation déambulante du point d'interrogation. Beau, non ? Mais Jean-Pierre Rostenne est mort.

D'ailleurs on m'a dit qu'il avait été, plus jeune, brocanteur sur le vieux marché. Et ce n'est pas rien, ce vieux marché. C'est celui qu'on voit dans Tintin, au début du *Secret de la Licorne*. Où les Dupondt se trouvent un lot de cannes. Et où ils se font chiper leur portefeuille par un certain Filoselle. Qui ressemble – je vous montrerai des photographies, c'est frappant – à Jean-Pierre Rostenne comme deux gouttes d'eau. Moitié Philo, moitié Filou. L'astuce et l'anarchie sous la peau d'un vieillard débonnaire. C'est notre grand-père à tous, JPR.

Il y a un musée à Bruxelles avec certaines de ses œuvres. Des cannes, en particulier. Il en fabriquait des extraordinaires et des extravagantes, avec les résidus d'après vieux-marché, comme on dit résidus d'après marée haute. Bois flotté d'après économie de marché. Débris pour vous aider à tenir droit, debout : les cannes de Jean-Pierre Rostenne sont au musée, c'est formidable. Sceptres du vagabond ; bâtons de maréchal, baguettes magiques du laissé-pour-compte. Du docteur en Philosophie, Médecine et Poésie du Massachusetts Institute of Technology.

Pendant le déluge

OK. C'est acquis. Dehors, c'est le déluge, la punition, la perte, le tourbillon. Dedans, je ne dis pas que c'est le paradis, mais c'est l'arche de Noé. Déjà ça.

Pas pleurer pour tout ce qui s'en va irrémédiablement avec les eaux noires du déluge, dehors. Qui ne reviendra pas.

S'aimer, dans l'arche, s'entre-aider, patienter pendant les querelles, et empêcher les bêtes de se jeter par-dessus bord. Crier : « Un homme à la mer ! » Ne pas tomber soi-même, lancer des filins. S'y arrimer fermement.

Monstres marins, poissons noirs, qui vivez dans la mort à votre goût. Vos sourires pleins d'arêtes.

Nautonier dans le grain, pilote dans l'orage. Les rideaux de pluie s'ouvrent, sur des rideaux de pluie.

L'arche, ses habitants, toujours au bord de la mutinerie, mais l'arche elle-même, absolument insubmersible.

C'est-à-dire, on s'amuse.

Un antique

L'objet se trouve à Bruxelles. Je l'ai trouvé émouvant. Dans un musée. C'est un papyrus égyptien antique. Une page jaunâtre. Une feuille. Un feuillet. Mais vierge. L'étiquette précise que le feuillet provient d'un lot d'une dizaine – les neuf autres étant conservés au British Museum – retrouvé dans l'attirail d'un médecin d'Alexandrie (ou de je ne sais plus quelle ville). Une page blanche. Non écrite. Retrouver ça. Une page blanche, non écrite, venue tout droit d'une civilisation passée, morte, engloutie.

Vraiment, j'aimais beaucoup ce petit bout de papier dans cette vitrine au fond à gauche de la salle, je me rappelle.

Ce n'était pas difficile d'imaginer un scribe – disons, ce médecin – rêver, en son temps, devant la page blanche, en appuyant sur sa bouche le manche de son stylet, je veux dire, de son style, de son stylo. Hésitant à écrire, cherchant une idée et finalement ne pouvant pas. Comme par irradiation quelque chose de ce rêve non formulé, de cette idée non trouvée, de cette pensée non tracée s'était imprimé, peut-être, sans doute, dans le vide même du papyrus. Et le front penché, les mains derrière le dos, comme j'aime à être quand je visite un musée, je suis resté dix minutes peut-être dans l'envoûtement de cet objet. Il m'attirait. Il m'avait trouvé. Il attendait que quelqu'un entre – peut-être – dans le champ de son attraction.

Comme l'araignée patiente. Voilà. Dix minutes, l'esprit patient du papyrus vierge a tourné son fil autour de moi, pelote, finalement cocon, j'étais ce moucheron que l'araignée dévore par l'intérieur. Et toutes mes pensées allaient à leur tour irradier le papier vierge de trois mille ans.

Sans doute, il était repu alors et il m'a relâché.

Dîner chez le pianiste

Son frère était ingénieur en packaging. Évidemment, ça nous avait fait marrer, l'expression, et il s'était vexé. Il avait beau expliquer à quel point c'était un métier d'aujourd'hui, une spécialisation d'avenir, c'était trop tard. On continuait de rire et il se vexait toujours plus. On était chez lui, tout de même. Il fallait se tenir, un minimum. Le vin, la bouffe, je ne sais pas, l'électricité même, tout ça c'était lui qui payait, c'étaient ses chaises à lui qu'on usait avec nos fesses pendant qu'on se gondolait et qu'on le blessait. Vers minuit, il devait être content de nous voir partir. Débarrasser le plancher. Et tandis que j'en parlais avec Camille, dans la voiture, lui, seul dans sa maison, je l'imaginais se mettre au piano, et faire un peu de musique pour chasser tout ce vain bruit qu'on avait fait chez lui.

Un comme Rimbaud

Il oubliait toujours d'éteindre la machine à café.

– Un jour, ça foutra le feu à la maison !

Foutre le feu à une maison avec une machine à café, ce serait inédit.

– Pas du tout (on aurait dit que sa mère lisait dans ses pensées), parce que, figure-toi, Monsieur qui sait tout, que dans une machine à café, il y a une résistance. Une résistance électrique, qui chauffe, qui chauffe très fort, pour porter l'eau du café quasiment à ébullition. Et que si tu n'éteins pas la machine, la résistance continue de chauffer à blanc et que ça peut devenir très dangereux. Et maintenant, mets tes souliers, parce qu'on est déjà en retard.

Voilà, c'était le matin.

Je te le ferai encore, ton café, songeait-il amèrement.

J'ai peut-être été trop brusque, pensait-elle en le tirant par la manche. En même temps, il en met toujours partout.

À sa fenêtre, la voisine en bigoudis saluait leur passage.

C'était la voisine que la mère n'aimait pas. Et le fils, en son for intérieur, prenait la décision de devenir poète. Plus tard. Un jour.

L'autre Tristan

Il titubait gentiment. On n'avait pas peur qu'il tombe, mais tout de même on voyait qu'il ne marchait pas droit.

Puis, il n'allait pas bien loin. Il habitait à deux rues. Il m'avait dit rue Artan, et rue Artan c'est à deux rues.

Il m'avait montré sur son biceps le tatouage d'une croix gammée. Épais, large, noir, sinistre. Moins que noir, c'était plutôt caca d'oie très foncé.

Il était tout gentil, cela dit.

Tristan. Il prononçait Trist-hann, bizarrement. Sans doute à l'allemande. Blond, les yeux bleus. Grand, mince, souple, un peu élastique. Je me souviens de cette image, quand il quittait le café, titubant gentiment : il ne titubait pas raide ou mécanique ou cassant, comme les Polonais quand ils ont fini la vodka. Il restait chaloupé, souple, comme en promenade sur un sol ondulant. Il portait des baskets Nike. Ça jouait peut-être.

C'était un gars souriant. Peut-être par timidité, je ne sais pas. Quand il souriait, ses yeux devenaient tout petits. Il portait un jean noir et une chemise bleu ciel. À l'oreille gauche, ou droite, je ne sais plus, une petite boucle en forme de croix. Croix romaine, pas un svastika.

Moi, j'aime bien les nouvelles têtes. Je me suis assis à sa table en lui demandant s'il voulait un verre, pour moi. Il n'a pas dit non.

Il n'était pas du tout nouveau dans le quartier. Du moins, il l'affirmait. Il habitait là depuis deux ans. Je ne l'avais jamais vu. Il était infirmier, il me disait. De formation et de métier.

J'ai dit :

– Moi, c'est Jérôme.

Et lui :

– Enchanté, moi, c'est Trist-hann.

Avec cette prononciation bizarre.

Je lui ai demandé s'il était d'origine allemande. Et non. Mais il avait vécu là-bas une dizaine d'années à cause du métier de son père.

Sur sa chemise bleu clair je remarquai deux nuages blancs qui étaient imprimés sur les épaules, comme des galons de militaire. C'était marrant.

– Mon père était diplomate.

Donc voilà, c'est pour ça qu'il avait vécu en Allemagne.

Il voulut payer la suivante et je ne dis jamais non. Maroussia, la serveuse que j'aime beaucoup et que je connais bien, nous a apporté, pour lui, une IPA, et pour moi un Orval comme d'habitude. De ses jolies mains potelées, elle m'a servi l'Orval dans les règles de l'art, avec un chapeau de mousse rond comme un sein. Et pendant que je contemplais ce spectacle de Maroussia servant l'Orval, je remarquai sous son poignet un tatouage. Je ne l'avais jamais vu. C'était nouveau, elle me signala.

– Et pourquoi une tortue ? ai-je demandé.

– Parce que je dois apprendre à être patiente.

— Et alors ?

– Et alors, je regarde mon poignet, ma petite tortue, et ça me rappelle que je ne dois pas avoir peur, que tout vient à temps.

Tristan a complété l'expression : « Tout vient à temps pour qui sait attendre ». Puis il a complimenté Maroussia. Il trouvait la tortue très jolie et l'endroit très bien trouvé. Moi, je n'aime pas les tatouages. Ils m'ont demandé pourquoi. J'ai dit que je trouvais ça cruel et irréversible.

Eux :

– Et alors ?

Pour moi, c'était suffisant, mais pour eux, c'était une question de génération. En somme, j'étais trop vieux pour comprendre. Ils ont ri gentiment, Maroussia m'a dit que je n'étais pas vieux, puis j'ai demandé à Tristan si, lui aussi, il portait des tatouages. Et c'est là qu'il a soulevé sa manche de chemise et qu'il nous a montré avec le même naturel tranquille que si ça avait été une ancre de Popeye ou un cœur transpercé d'une flèche, la croix gammée dont j'ai parlé. Vert noir. Ondulant sur l'intérieur du bras, du biceps au triceps.

Moi, ça m'a glacé. Tout à coup, j'ai eu peur. Il y a eu un blanc. Je n'ai même pas regardé Maroussia. Quand j'ai levé la tête, elle était déjà retournée derrière son bar. Et quand j'ai ramené les yeux sur Tristan, il était déjà occupé à reboutonner sa manchette.

J'aurais dû lui demander pourquoi. Pourquoi une croix gammée. C'est quand même incroyable, infect. Mais je n'ai pas osé demander. Il était tranquille comme si de rien n'était. Et même, avec un sourire amusé, il m'a dit, en indiquant ma main gauche :

– Vous aussi, Jérôme, regardez, vous vous êtes fait tatouer.

Et en effet, j'ai la mauvaise habitude d'utiliser ma main comme pense-bête et j'y avais écrit quelque chose à l'encre bleue.

Je me suis contenté de répondre :

– Oui, mais moi, ça part.

Je ne savais plus trop que dire. Je prenais de grosses gorgées d'Orval et lui buvait son truc.

C'était gênant comme silence. Mais lui n'avait pas l'air gêné. Les gens derrière parlaient de foot. Alors Tristan m'a demandé si j'aimais le foot et il a raconté des tas de trucs intéressants sur les équipes allemandes. Moi, en Allemagne, j'aime bien Dortmund. Lui aussi, justement. On s'est remémoré les buts de Hummels. La demi-finale contre la Juventus. Il avait de la douceur dans la voix. Il parvenait bien à rendre les ambiances. Il avait poussé plusieurs fois jusqu'à Dortmund, lui, pour aller au stade, et il m'expliquait. Et moi, je ne parvenais pas à me retirer de la tête que ce gentil garçon à qui j'avais réoffert, d'ailleurs, une IPA, histoire de pouvoir reprendre un Orval moi aussi, avait une croix gammée indélébile sur le biceps en dessous de la chemise bleue. Avec ces nuages aux épaules.

Il a un peu perdu l'équilibre en se levant. Je lui ai demandé s'il voulait qu'on le raccompagne. Il m'a remercié en refusant, m'a assuré que j'étais très gentil mais qu'il n'avait pas loin à aller : rue Artan. Et c'est vrai, rue Artan, c'est à côté.

L'isoloir

Le mec, Giorgio, se plaignait soudain que sa femme votait facho. « Je te jure, il faisait, dans l'isoloir, elle a voté facho. Elle ne s'en cache même pas. »

Du coup, a dit un autre buveur, ça sert à rien, l'isoloir, puisqu'elle dit pour qui elle vote.

À moins que, a ajouté un troisième qui se croyait plus malin, à moins que justement dans l'isoloir elle ait voté classique et pas facho, mais qu'après, pour faire chier, elle se vante.

Parce qu'il y a de quoi se vanter ? a dit quelqu'un.

De nos jours, oui ! ponctua un dernier.

Milena derrière le comptoir levait la voix et essayait d'aiguiller la conversation vers un autre sujet, parce qu'au train où ça va, la causerie politique chez les pochetrons, il fallait s'attendre à voir voler des verres et des noms d'oiseaux.

Moi, j'aime entendre les cons parler politique. Parce que c'est le terrain où ils sont prophètes. Les mecs, tous à la bière ; moi, je sirote mes petits portos rouges. Question de distinction.

Espion

Il gardait le gamin de son frère et l'emmenait au bistrot. Tout le monde aimait bien le gamin. Son tonton parlait toujours à la personne assise à sa gauche, qui qu'elle fût, connue ou inconnue, sourde ou pas, occupée ou non, seule ou en tête-à-tête. Et même si elle était au téléphone. Parfois même, mais exceptionnellement, quand elle était absente et la banquette apparemment vide.

Le gamin s'appelait Téo, sans h, et jouait aux petites autos, à Batman, à la fusée, mangeait des spéculoos et, pendant les deux heures que durait le baby-sitting, demeurait assez sage. Il ne cassait jamais rien, ne courait pas entre les tables. Ces deux heures, c'était de dix à midi. Le tonton s'appelait Roger, de nom de famille, et Denis de prénom.

Il parlait beaucoup mais au fond personne ne savait rien de lui.

Un jour, vers 11 h 30, la police a débarqué. Ils étaient deux. Un homme, une femme. La femme est restée près de la porte, pour empêcher de sortir. L'homme a pris Roger par l'épaule, par la nuque, lui a bloqué les poignets dans des menottes spéciales en plastique jaune d'usage unique. L'opération a pris dix secondes tout au plus. Au bout de 15 secondes, le fourgon démarrait. C'est après le carrefour seulement qu'ils ont branché la sirène, qui s'est éloignée. Tout le monde dans le café était surpris, muet encore, et regardait le gamin sur la banquette, avec sa fusée et ses petites voitures.

On se demandait si quelqu'un viendrait le récupérer, le petit Téo. Certains pensaient que Roger (on l'appelait plutôt Roger que Denis) reparaîtrait bientôt. Ce n'était peut-être qu'un interrogatoire, ou même une erreur. Personne n'avait jamais vu les parents du petit et le petit ne connaissait pas leur numéro de téléphone. Heureusement, il se sentait suffisamment chez lui au café pour ne pas pleurer ou prendre peur. Ce jour-là, même, il fut pas mal gâté. Quelqu'un opinait qu'en sortant avec le petit, et en suivant ses indications, on retrouverait le chemin de sa maison. Les petits ne savaient peut-être pas expliquer les chemins, mais ils les connaissaient. Les enfants possédaient, disait-il, un sens de l'orientation instinctif. Comme les chiens, et les pigeons.

Mais personne ne jugeait raisonnable ou prudent de sortir avec l'enfant au petit bonheur la chance. En plus, il ne faisait pas bon. La patronne prit la décision d'appeler la police. Leur dire que ça ne se faisait pas d'emmener quelqu'un et de laisser l'enfant sur place. Personne ne sachant où il habitait.

La police arriva quinze minutes après. Deux autres agents, qui emmenèrent le petit Téo. Ils savaient sans doute qui étaient et où se trouvaient ses parents. À tout le moins, ils avaient les moyens de les rechercher.

On ne revit jamais Denis Roger, ni le petit Téo. On n'en entendit même pas parler. Rien dans les journaux; rien sur Internet. Denis Roger apparaissait sur Facebook, mais on n'y apprenait à peu près rien et son compte n'était pas alimenté depuis longtemps. Même les rumeurs mirent beaucoup de temps à se former et racontaient des histoires contradictoires ou si différentes les unes des autres qu'on avait du mal à en croire ne fût-ce qu'un bout. Ça parlait d'assassinats, de cambriolages, de recel, d'enlèvements, d'usurpation d'identité. Enfin, ces inventions. Pourquoi pas espion, tant qu'on y était.

Ils finirent par nous manquer et quelqu'un imprima une photo prise avec son téléphone à l'époque où Téo et Roger étaient encore là, et où on les voyait parmi nous comme ils étaient toujours, au naturel : Téo derrière ses petites autos et Roger parlant avec les mains. On la colla au mur, sur le lambris au-dessus de la banquette qu'ils occupaient. Elle y est encore. Les habitués du bistrot connaissent l'histoire. La racontent parfois aux nouveaux. En l'enjolivant, bien entendu, selon les circonstances.

Gentrification

De nuit, elle est longue.

Très jolie définition. Mon voisin de comptoir en parlait, à la cantonade, il voulait que ce soit « bite », il en était ravi d'aise, mais « bite » ne rentrait pas dans les cases, il fallait sept lettres et « bite », même avec deux *t,* n'en aurait que cinq.

C'est une vicelarde qui a fait les définitions, il disait, en se délectant d'imaginations. Son stylo tremblait un peu, c'était la matinée encore, il n'avait pas assez bu. L'encre peu sûre avait déjà rempli (je regardais par-dessus son coude) : *ana* (pour « album à rire ») et *os* (pour « coup dur »), puis *mer* (pour « plaine de lune », jolie aussi) et *tsar* (pour César à Moscou).

Betty resservait des bières et on continuait de plancher sur « De nuit elle est longue ». C'était comme un poème qui nous occupait l'esprit, de nuit elle est longue, et qui, en dépit de la vulgarité de mon voisin, allumait des étoiles et des lunes dans mes yeux fermés.

Derrière la vitrine du café, les flics passaient. Ils venaient vérifier qu'on portait notre masque en période de pandémie. Et nous rappeler les consignes : à table, vous pouvez le retirer. Mais si vous vous déplacez, portez-le, c'est la loi, et sinon c'est l'amende.

Bon. On avait l'habitude. Robert, mon voisin de comptoir, qui se prend pour un ancien flic sous prétexte qu'il a été gardien de prison, avait hélé l'un des deux agents (un binôme, un homme, une femme, comme souvent à Bruxelles), l'avait agrippé du nom de collègue et lui avait soumis, de sa voix de cendrier, l'énigmatique définition des mots fléchés. Le mâle ne voyait pas, semblait même ne pas comprendre ; la femelle, en revanche, plus au fait des sports cérébraux, avait proposé :

– « Garde à vue » ?

D'un air mi-drôle mi-méchant, très typique.

– C'est trop long, avait répondu Robert, toujours très à propos. Ça ne rentre pas dans les cases.

Puis, dès qu'ils furent sortis, Robert a remis ça.

– De nuit, elle est longue !

Avec des gestes.

Jusque vers les quatorze heures, à tous les nouveaux venus.

– Est-ce qu'elle est pas vicieuse, hein, la nana qui invente les définitions !

C'était un de ces moments où l'on regrette d'avoir plongé dans l'alcool.

Moi, j'étais prof de chimie-physique-bio dans le secondaire. Une dépression, dont je suis sorti ; puis une deuxième, et on m'a sorti de l'école. Au *Laboureur*, le nom de notre café, on m'appelle, du coup, le fossile. Mais c'est sans malice, c'est bon enfant.

Robert, mon voisin de comptoir, cette andouille, a été gardien de prison, comme je l'ai dit, et je ne sais pas sous quelle forme. Il prétend être monté jusqu'à sous-directeur d'établissement, mais on en doute.

Il nous saoulait grave, et Betty elle-même, qui est la patience faite serveuse, le menaçait de ne plus remplir son verre s'il ne se faisait pas plus discret. Parce qu'à force, la définition évoluait. À Jean-Jacques, Robert avait demandé : – Elle est plus longue, la nuit. En sept lettres.

Suivi d'un rire comme un camion qui démarre.

À Aziz, c'était devenu :

– Aziz ! Dis ! Pendant la nuit (ici, un geste obscène), elle devient de plus en plus longue ! Sept lettres !

Aziz m'avait regardé dans les yeux en arquant les sourcils. Moi de même.

Sauf que là, oui, ça nous a bien fait marrer quand l'antiquaire est venu. Un antiquaire qui s'est installé dans la rue. Il a racheté le *Potteke*, qui était l'autre bar vénérable de la rue de Flandre, avec le *Laboureur*. Ils ont tout cassé, refait, et maintenant ils attirent des bobos sur deux étages avec des meubles vintage à prix d'or. On ne l'aime pas du tout, mais il ne s'en rend pas compte, ou il fait semblant, et régulièrement il vient avec des gens au *Laboureur*, pour boire son petit thé à la bergamote, ou un whisky, de la seule marque qui soit chère au *Laboureur*. Il porte une petite moustache fine sur le bord inférieur de la lèvre, comme mon grand-père la portait et comme Franco, l'ancien dictateur espagnol (oui, j'ai de la culture). Mais il a trente ans à tout péter, le godelureau. À mon avis, son argent vient de son père. Bref. Il vient s'encanailler au *Laboureur* le petit antiquaire à la mode, fraterniser avec le populaire, alors ça nous faisait plaisir à tous, Jean-Jacques et Aziz inclus, que Robert fasse le vulgaire avec sa voix de stentor et sa définition scabreuse. Toujours plus scabreuse, d'ailleurs. Il était avec une jeune femme et une femme moins jeune, l'antiquaire. Toutes les deux blondes platinées. Et j'ai pensé spontanément : sa sœur et sa mère.

– Hein ? M'sieur l'antiquaire… La nuit, elle grandit ! Sept lettres. Hé, Francis ! (C'est moi, Francis.) Francis, c'est quoi encore la définition exacte ? Elle grandit, ou elle grossit ?

On était morts de rire, et l'antiquaire faisait semblant d'aimer les gens de son quartier, ses semblables, ses frères, et sa mère et sa sœur se bouchaient le nez virtuellement avec des grimaces que finalement elles tournaient vers la vitrine et vers la rue.

Quand l'antiquaire a eu son compte, Betty a ramené Robert au comptoir, lui a servi une bière de récompense, à condition qu'il se calme maintenant. Robert tout heureux promit et se remit le nez paisiblement au-dessus de la grille de mots fléchés. Il se secouait encore parfois d'un morceau de rire qui lui restait en bouche. On avait bon. Ça devenait tout tranquille. La nature est toujours gentille et il y avait un gros rayon de soleil tiède qui pénétrait dans le café.

C'était le moment parfait de la journée.

Quand soudain, paf, d'une grande claque du plat de la main sur le comptoir, Robert nous a tous réveillés. Et il a dit, un peu comme Archimède en son temps a dû s'écrier Eurêka, il a dit, Robert :

– Chemise !

Nous :

– Quoi ?

Robert :

– Mais, de nuit elle est longue : « chemise » !

Ah ben oui, bien vu, c'était bien trouvé. En plus ça rentrait dans les cases. Et Betty nous a remis ça.

Corsaire

Qui a dit que tout était payant ? J'ai eu ce matin, de façon tout à fait gratuite, un spectacle délicieux et bien monté. Intime, modeste, empreint d'une beauté fuligineuse, difficile à voir. Comme la lave qui a déjà croûté, qui avance avec la lenteur d'un pachyderme, dont les rougeurs et la puissance ne se distinguent plus, presque, sous l'écorce séchée, brune et quelconque. Cet homme, qui construisait des maisons en cubes de sucre sur la table du café, avait cette beauté-là.

Son blouson de cuir marron bon marché, cédant aux coutures. Son dos voûté, les deux coudes à table et les avant-bras enserrant l'espace de sa tasse de café comme deux bras de terre formant une baie, une crique, un repaire de pirates. Et du bout de ses doigts, il échafaudait avec des cubes de sucre blanc des architectures, comme si les pirates voulaient barrer la baie, la fermer à tout importun. Pour que leur vaisseau (la tasse de café ?) ou leur trésor ait un lieu secret où reposer.

Puisqu'on reçoit deux sucres avec chaque tasse – c'est du moins ce que j'ai trouvé sur la soucoupe quand la jeune serveuse m'a apporté la mienne – le corsaire architecte à l'air morne devait en être à sa cinquième. Des doses à la Balzac.

Ça devait bouillir, à l'intérieur.

Dürer

Albert Dürer, le grand peintre, en 1520, avec sa femme et des bagages, a quitté sa maison de Nuremberg. C'était un jeudi d'été. Il est monté sur un bateau, en passager, et de fleuves en canaux, avec sans doute quelques transbordements, il a abouti à Maestricht, sur la Meuse, puis à Anvers, sur l'Escaut, où commence véritablement son séjour.

Il visite, achète, vend, rencontre, peint beaucoup, fréquente, prie le saint de chaque jour, court à la côte pour voir une baleine échouée, arrive trop tard, dessine le lion qui était à Gand, admire à Bruxelles les trésors aztèques de Charles Quint, reçoit les honneurs des grands, boit du vin luxueux, fait pèlerinage dans l'hôtel de ville devant les tableaux de Roger de la Pasture, achète pour Agnès, sa femme, des étoffes et des soies, pour lui-même des curiosités inconsciemment viriles, coraux blancs et cornes d'étranges formes et matières. Il pleure en apprenant qu'en son Allemagne Luther venait d'être arrêté. Tué, peut-être. Il s'inquiète pour l'avenir. Il le voit très noir.

Albert Dürer s'est acheté des gants pour deux deniers et s'assied fièrement au banquet que le roi du Danemark offre à Bruxelles pour l'empereur Charles Quint. Il fait encore le portrait du roi, laisse deux deniers de pourboire au garçon qui avait broyé ses couleurs et qui s'appelait Barthélemy. Deux jours plus tard, les bagages étant faits, et après s'être acheté de nouveaux bas pour un denier, il paie un voiturier, dit adieu à Bruxelles, traverse Louvain, Tirlemont, Tongres, où il note que l'on construit une étonnante tour. Puis Liège, puis des villages où il voit de la misère, puis Maestricht, puis un détour invraisemblable parce que le voiturier s'est perdu. Monumentale engueulade.

Enfin, Cologne.

Et bientôt le toit pointu de sa maison de Nuremberg.

À zéro

Il avait fait tomber deux sucres dans le café. Manifestement, c'était trop. Trop sucré. Il faisait la grimace.

Le voilà qui pense.

La femme en face est distraite et, pour autant qu'il sache, n'a pas sucré son café. Pas commencé non plus. Elle est au téléphone.

Et hop, il échange les tasses. Plus ou moins rapidement et maladroitement d'ailleurs. Du café a débordé dans la soucoupe.

Il était moins une : la dame a terminé sa conversation téléphonique et se penche sur la tasse de café, découvrant la soucoupe inondée de jus noir. Elle est coquette et du genre supérieur. Le type quant à lui s'est empressé de boire dans sa nouvelle tasse et regarde ailleurs. Depuis ma table, j'observe le manège en suçant mon stylo. Sidéré, tout de même. Mais à quoi peut bien ressembler l'existence d'un type qui fait ce genre de choses totalement minables ?

Je le regarde en essayant d'imaginer à quoi peut en effet ressembler cette vie tandis que la femme en face, gênée par le café dans la soucoupe, s'est levée, portant la tasse comme une chose ou précieuse ou dégoûtante et la rend par-dessus le comptoir à un serveur qui, aussitôt, s'excuse, se confond, jette sur ses collaborateurs plus jeunes derrière lui des regards furieux. Il remplace, avec un sourire mielleux, le café par un autre. La femme lève les yeux et son abondante chevelure blonde est mollement secouée par les larges ressorts de ses boucles. Le serveur ne regrette pas son geste. Elle dit merci distraitement, le serveur la rappelle et pour mieux s'excuser et lui plaire lui tend une petite assiette avec un croissant, qu'elle prend avec une brève et adorable exclamation.

Elle se rassoit face à son voleur, qui a assisté à la scène sans toucher son café. Toujours attentive à son téléphone, elle mouille voluptueusement son croissant dans le nouveau café. Le type vide sèchement sa tasse, se lève, sa chaise a crissé, il prend sa veste par le col avec son doigt crochu et part. Il passe devant moi et malencontreusement mon pied lui gêne le passage, il trébuche, se rattrape, je me marre, il sort, je vois la belle blonde qui ne m'a pas vu, je repense à ce croc-en-jambe.

Et je me demande à quoi ressemble mon existence, si je fais des choses de ce genre tellement minables.

Je me dis aussi que le serveur n'a remplacé le café et offert un croissant qu'en raison du beau cul de la blonde, qui ne lui aurait jamais adressé un regard autrement. Je me souviens des regards furieux que le serveur avait décochés tout à fait gratuitement et injustement à ses collaborateurs plus jeunes. Et je me dis que ce serveur doit être du genre sous-sergent acariâtre et vexatoire faisant le pire usage possible de son tout petit morceau d'autorité et de pouvoir. Enfin, la blonde, cette grande salope dédaigneuse, qui ne lève pas les yeux de son téléphone et pour qui le reste du monde n'existe pas, qui ne laisse même pas un pourboire, ça, je le vois bien, se lève, se nettoie la bouche du bout de l'index où brille un ongle insolemment verni de rouge. Elle passe devant moi en se dandinant comme une reine sur ses talons aiguilles et on va bien se marrer avec le croc-en-jambe que je lui prépare. Et que finalement je garde pour moi sous la table, parce que je pense au mec qui l'attend dehors au volant d'une décapotable, qui est peut-être du genre fort et violent, vengeur en somme. Moi, je ne me suis jamais battu. Et j'aimerais bien garder cette statistique à zéro.

Le fantôme de Thomas Braun

Nœud papillon, avocat, moustache blanche. En théorie, le type est mort en 1961, le 11 septembre, 12 enfants. Pourtant, il est là, assis sur une souche, en veston de laine. Bel homme, avec toutes les rides du visage bien placées. Il est en train de bénir la forêt d'Anlier. C'est assez étrange. Touchant, aussi. Il dit : « Toi qui bénis chaque année la mer du Nord, bénis aussi cet océan de feuilles. » Puis il se tait. Puis il reprend : « Ses écureuils, ses chèvrefeuilles et ses chevreuils. »

Tant de rimes, on comprend : le type est un poète, il compose, il hésite, il récite.

C'est un brave homme, qui croit en Dieu et aux rimes, au nombre des syllabes dans un vers. Il me dit qu'il a eu douze enfants. Avocat. Bâtonnier, même. À la cour de Bruxelles. Bien que je ne sache pas trop ce qu'est un bâtonnier. Mais le mot est bon pour un type assis sur une souche dans une forêt.

– Est-ce bien la forêt d'Anlier ? il me demande. Parce que je suis en train de prononcer la bénédiction de la forêt d'Anlier.

Pour moi, les Ardennes, c'est tout un, alors je ne vois pas la différence. Un bois, c'est un bois, Monsieur le bâtonnier.

– J'ai connu Francis Jammes, qu'il me dit fièrement.

– Mais savez-vous, cher Maître, que plus personne ne se souvient de Francis Jammes ?

Je regrette de lui avoir dit cela, parce que vraiment il a l'air peiné.

– Vous ne parlez pas sérieusement…

Moi :

– Hélas. Oh, vous trouverez toujours des spécialistes, des collectionneurs, des bibliothèques, peut-être…

– Et moi ? Moi, au fait ?

Il voulait savoir si on se souvenait de lui. Si on lisait encore ses livres. Si on le rééditait. Je lui avais fait de la peine avec Jammes. Je n'allais pas le tuer une seconde fois en lui envoyant que même les spécialistes, cette fois, ou les collectionneurs, lui, Thomas Braun, l'avaient oublié… Brave homme tout de même, ce papa de douze enfants, qui avait rassemblé les poèmes de toute sa vie sous un titre formidable, improbable, si gentil : *Le beau temps* ! Un vrai ciel bleu ! Bleu trop bleu ! Belgique ! Ardennes ! Le beau temps ! Poèmes ! Lui dirais-je que le mauvais papier trop acide de son bouquin était sur le point même d'accomplir l'autodestruction de son œuvre ? Le volume que j'ai de son *Beau temps*, dans mon grenier, tombait en poussière entre mes mains. Et c'est à peine si à travers les pages, qui se détachent de la reliure comme des feuilles mortes, l'on distingue encore ce fantôme d'auteur, assis sur la souche, dans la forêt.

Soyons clairs : dès que j'ouvre les yeux, je me trouve bien dans mon grenier à livres ; quand je les referme, je suis dans cette forêt avec l'auteur sur sa souche. Beau, sain, le regard franc. Un grand-père comme on en rêve. Qui mène ses petits-enfants à la chasse, sans distinction de sexe. Qui a deux chiens d'arrêt, l'un Prudence, l'autre Urgence. Qui en novembre se réjouit d'aller à son premier sanglier sur la neige ; qui en février attend, les yeux tournés au ciel, le passage des bécasses. Il a sa maison à Maissin. De campagne, s'entend. Sur la Lesse. Chez lui, ça sent la bonne vie et la cave est remplie de vin de Bourgogne. Un lierre enguirlande toute la façade et descend entre les fenêtres du rez-de-chaussée. Mur de verdure pour la terrasse ; décor pour les photos. Poète naïf, on l'a dit ainsi. En même temps que bâtonnier sévère et redouté.

Je tourne les pages, et c'est comme si je commandais le mouvement des lèvres de mon pauvre fantôme, qui récite ce que je lis et s'interrompt quand je le veux. Pauvre marionnette. Le sort des créateurs. Je lui fais lire sa *Bénédiction de la bière*, ou cinquante pages plus loin les pièces écrites en marge de son album de timbres, intitulées *Philatélie.* Stop ! Plus loin : le poème, sur le tabac de la Semois.

Cher monsieur Braun, moi aussi j'aime beaucoup votre poésie, dès qu'on se met à la lire lentement, à mi-voix. Du reste, dans une lettre, Jammes déclare vous tenir pour le plus grand poète de Belgique depuis la mort de Max Elskamp.

Allez, voilà, je lui ai fait plaisir. Il rougit comme un poisson.

– D'ailleurs, prenez ces lignes comme un bouquet de violettes, fleurs que l'on pose traditionnellement sur la tombe des poètes comme un symbole de la métempsycose perpétuelle du talent et de la muse. Thomas Braun. Vous croyiez à tellement de choses invisibles qu'on aurait mauvaise grâce à passer près de votre fantôme en faisant semblant de ne pas le voir. Car c'est bien vous, assis là, à bénir la forêt d'Anlier. À demander pour elle la protection des bûcherons et des scieurs, des sabotiers et des fagotiers. Vous n'êtes pas de ces poètes qui parlent en l'air, qui chantent les arbres sans pouvoir distinguer un platane d'un frêne, qui parlent des oiseaux sans les connaître ni par la forme ni, moins encore, par le chant. Vous, vous versifiez une nature concrète et palpée. Vous êtes humble, mieux que moi, et je vous en aime davantage. Et du coup on vous croit, quand vous remerciez Dieu d'avoir donné à vos mains, tannées par le temps dans les travaux du domaine et les joies de la rame et des rênes, mieux que des gants de laine: des gants de peau. On vous croit, Maître Braun, quand vous prétendez contribuer au secours des marins en écrivant une longue, houleuse et constellée *Bénédiction des navigateurs.* Je voudrais juste savoir si vous étiez bâtonnier comme vous êtes poète. Si vous n'étiez pas loup-magistrat à Bruxelles sous la peau de mouton du versificateur bucolique dans sa maison de la campagne.

– Quoi?

– Oui, c'est ma question. Mais n'y répondez pas, car je serais le dernier à vous jeter la pierre.

– J'étais ardennais et poète. Persuadé que d'autres écrivaient mieux que moi, mais qu'aucun ne chantait cette Ardenne, alors voilà. Sûr que je ne parvenais pas à rendre dans mes strophes, et malgré toute la transparence essayée, la puissance d'évocation d'une simple fumée d'herbes fauchées, brûlées au début de l'automne dans l'hectare de bouleaux derrière chez moi, à Maissin, Luxembourg belge. Sûr aussi qu'aucun mot mien n'aurait la pure précision du coup de fusil, quand j'abats un lièvre. Sûr enfin qu'aucun lecteur jamais n'aurait pour la beauté que je chasse l'avidité fidèle de mes bons chiens courant à la proie.

– C'est certain. Il est toutefois des amitiés fidèles, Thomas Braun.

– C'est pourquoi je vous parlais de Francis Jammes.

– Il est mort quand, Jammes?

– En 38.

– Et vous?

– Mais vous savez bien. Le 11 septembre 1961.

– Ah oui. Mais les poètes ne meurent point, n'est-ce pas?

Propos

Très passionnante conversation. L'un disait avoir entendu Cziffra en répétition avant un récital et que la répétition, avec ses arrêts, imperfections, reprises, était plus belle que tout concert possible. L'autre écoutait, dubitatif, un demi-sourire comme argument. Le feu de l'un ne diminuait pas, néanmoins, évoquant Cziffra seul au piano, jouant en boucle les passages les plus difficiles de telle rhapsodie de Liszt et créant en somme une œuvre nouvelle, inouïe, une rhapsodie recomposée. Il finissait par dire, changeant de registre : un trip, un délire. Regrettant aussitôt ce mot : pas du tout un délire, puisqu'au contraire on est en plein travail, retravail, des passages ardus, donc le contraire d'un délire, une tentative de maîtrise, mais tout de même une autre dimension, comme la rhapsodie jouée dans une chambre d'échos, comme, disons… L'autre l'interrompit, peut-être par amitié, sentant que l'un allait s'empêtrer, ou pour éviter que l'envolée de l'un ne devienne agaçante et les éloigne du sujet, en soi très passionnant. Aussi suggérait-il un parallèle : peut-on considérer les esquisses plus belles que l'œuvre finie, le brouillon que le propre ? Oui, sans doute. Les cas ne manquaient pas. Dans l'inachevé, dans le brouillon, une autocensure de moins, peut-être, oui, parfois, ou alors au contraire, chez l'artiste accompli, seul le grand danger du définitif, du final, éveillerait l'audace totale, la liberté défiante, la sincérité intégrale.

Là, le troisième, qu'on ne voyait pas, plus petit dans le groupe, mais non moins attentif, fit monter sa voix fluette en portant la comparaison sur le terrain du sport et vantant les grands champions ou les grandes équipes qui jouent d'autant mieux que l'enjeu est grand et qui donnent dans les finales la meilleure version d'eux-mêmes, comme quintessenciée par la pression. Le sport n'était pas du goût des deux autres, manifestement, ou bien était-ce l'haleine du troisième. Toujours est-il qu'avec un instinct sûr l'un et l'autre voulurent se garder de la trivialité montante et, jetant un œil dans leur verre vide, se tournèrent et s'en allèrent vers le buffet, où je ne les entendais plus.

Mort du poète

Max Elskamp, barbiche en pointe, chapeau, canne et l'air d'un oiseau de malheur dans son vêtement sombre, et ses pattes maigres. Grand poète. C'est un homme d'embouchures de fleuves et de mer saumâtre ; un Anversois. Un homme à vivre au deuxième étage de sa maison, à aimer les volets clos. Un homme qui a eu des bateaux, des aventures en mer d'Italie et sur l'océan africain. Puis qui s'est refermé comme une huître. Un homme qui n'a jamais vécu autre chose que sa propre légende, qui gravait patiemment le bois dur avec des ciseaux et des gouges japonaises, qui collectionnait les cadrans solaires, qui passait ses après-midi à décrire minutieusement les plus remarquables d'entre eux, la plume à la main, sur du bon papier. Qui souffrait de migraines, puis qui souffrit d'angoisses puis finalement de folie.

Les derniers sons de sa lucidité furent ceux de la grande cloche de la cathédrale d'Anvers, la géante de bronze qu'on nomme Carolus parce qu'elle fut fondue pour l'empereur Charles Quint. Elle parle rarement. Ce jour-là, elle parlait. Et fort. Le vieux Max sortait de sa torpeur et demandait au domestique : pour qui sonne Carolus ? L'autre répondait : pour le cardinal Mercier – un fameux grand prélat qui était mort en effet et inhumé ce jour. Le vieux Max n'en sut pas davantage.

Quand, peu de jours après, son ami Meers lui rendit visite, le vieux Max ne voulut pas le recevoir. Il répétait à son domestique : Non ! Meers est mort ! Je le sais bien…

Il avait confondu Meers et Mercier ; il avait cru aussi, l'heureux homme, qu'on sonnait Carolus pour la mort de son obscur et vieux copain. Il n'y eut plus moyen de le détromper, il ne voulut pas recevoir le faux Meers ou son fantôme et la lucidité le quitta pour toujours.

Imaginons le vieil homme ne sortant plus de chez lui, pendant des années ! Dépourvu de raison. Aux mains d'un domestique. Environné de sa collection de cadrans solaires et de bois gravés, de gouges japonaises et de ciseaux flamands. Un an, deux ans, trois ans, beaucoup de temps, beaucoup de saisons.

Pourtant, la légende Max Elskamp vivait et les gens de lettres en passant sous ses fenêtres sentaient sa présence comme une veilleuse derrière un carreau noir de suie. On s'aperçut de son poids sur Terre quand il la quitta. Les lettrés eurent tous sur le visage une étrange crispation. Max avait très bien choisi son moment. Pour les lettrés seuls il comptait encore et il envoya son âme au ciel un soir où ils étaient tous réunis autour d'une table. André Gide et les Pitoëff avaient donné *Œdipe* dans une salle d'Anvers ce soir-là et l'antiquaire François Franck avait invité tout le monde chez lui. Tous les lettrés d'Anvers s'étaient pressés chez le riche Franck pour féliciter les Pitoëff et voir le célèbre Gide.

Meers devait être du repas. Il n'était pas du genre à louper une soirée à table avec André Gide. Il n'arrivait pas, pourtant, et Franck rougissait de cette impolitesse. On retarda le passage à table, puis on y passa sans Meers. Après l'entrée, le brave homme entra. Il dit : Elskamp est mort.

Une légère nappe de douleur flotta entre les convives, un silence, une brève stupeur, qui fut sans doute l'instant d'éternité sans trouble où l'âme d'Elskamp, ayant quitté son corps, terminait son errance en se distribuant fragile et confiante aux mémoires des présents.

Assurément, Meers sans le savoir, en allant de chez Elskamp chez les lettrés avait accompagné, transporté, guidé l'âme invisible et réelle du vieil ami. Arrivé, il avait dit : Elskamp est mort. Et accrochée à ces mots réels, l'âme d'Elskamp était entrée dans les entendements des lettrés autour de la table, dans la riche demeure de l'antiquaire Franck et y avait nidifié. Avec, comme toujours, des succès divers.

André Gide a de grands yeux, un peu globuleux. En face de lui à table, c'est une jeune femme de lettres anversoise, qu'il a dû trouver grave, savante, insolente, curieuse. Marie.

– Marie Gevers.

– Enchanté.

– Qui habite un magnifique domaine, pas loin d'ici.

L'antiquaire a dû la présenter ainsi au grand Gide.

Marie était observatrice. C'est une chose que l'on sait, parce que sa mère n'avait pas voulu l'envoyer à l'école mais plutôt lui faire tout apprendre d'abord par elle-même, par l'observation de la nature, dans le magnifique domaine familial, et par l'observation des mœurs humaines dans les heures de lecture quotidiennes, à haute voix. Mais qu'importent ces détails, cette enfance et cette éducation singulière… Elle a l'œil aiguisé. Elle observe Gide et elle est glacée. Elle dira, plus tard : Gide avait vu comme tous, autour de la table, nous étions stupéfaits à l'annonce de la mort du vieux Max Elskamp. Et Gide, comme si nous étions des objets d'étude d'autant plus intéressants que nous étions mis dans les conditions d'une brusque douleur, passa méthodiquement ses regards sur chacun de nous, tout autour de la table de banquet, en pivotant à peine sur son cou un peu raide et jouissant de seize expressions précises et variées de la douleur funèbre, comme un entomologiste enregistre les comportements, ou comme Goethe un jour dans le réfectoire d'un monastère en ruines, du côté de Milan, avait joui des douze expressions précises et nuancées sur les visages des douze apôtres de la *Dernière Cène* de Léonard de Vinci.

Dans l'esprit de nous seize, l'âme désincarnée d'Elskamp venait nicher. Gide voyait et laissait faire.

« Max Elskamp est mort ! »

1931.

Deux souches

Une vieille femme avait deux chênes dans le pré devant sa maison. Le pré partait en pente et servait le paysage sur un plateau d'argent, à cause de la rosée du matin dans l'éclat du jeune soleil. La vieille femme avait les doigts noueux et s'arrêtait souvent dans le gravier calcaire au bas de son perron pour contempler la vue. Elle y restait droite et aurait fait pour un peintre avec les deux chênes la troisième verticale qui fixe la perspective.

Elle perdit un chêne à l'âge de soixante ans. Un coup de foudre le tua. Elle ne le vit pas brûler ; elle le trouva fumant au matin et sans espoir de revivre. Elle perdit le second dix ans plus tard à cause d'un parasite. Une longue maladie, une lente agonie, le feuillage s'atrophiant, les membres noueux suppliant même en été le ciel de mourir. Puis un matin, les tronçonneuses d'une équipe de bûcherons à casque orange le réduisirent à l'état de souche, plate et lisse et pleurée par les pluies comme un granit tombal.

Pour que les choses soient nettes et le travail bien fait, les casques orange arasèrent son compagnon foudroyé dont l'écartèlement noir comme une grande croix tut d'un coup son cri silencieux.

La vieille femme mourut peu de temps après.

L'homme au porto rouge

La nuit, disait-il, il l'avait passée sur les toits du Palais de justice. On pouvait, disait-il, accéder aux toits facilement, il suffisait de savoir, de connaître, et lui, disait-il, connaissait les couloirs, les escaliers depuis l'enfance, son âge de gamin, de *ketje* de Bruxelles, quand il n'y avait pas encore à l'entrée ces portiques de sécurité et cette obligation de montrer patte blanche, si j'ose dire, disait-il, puisqu'il était belge congolais.

La justice est ouverte et transparente, et c'est pour cela qu'aucune porte dans le Palais de justice n'est fermée. Mon père était avocat à la cour, disait-il, mon père s'occupait des affaires des pauvres et plaidait *pro deo* les trois quarts du temps, *pro deo*, ça veut dire gratos pour ceux qui n'ont pas les moyens. Mon père, Dieu ait son âme, disait-il, m'emmenait souvent, me demandait d'être sage et là, hop, j'avais carte blanche, la bride sur le cou, disait-il, en commandant d'un geste de l'index en aller-retour un nouveau porto rouge, comme toujours, Milena. Je cavalais gaiement, disait-il, j'entrais discrètement dans les salles d'audience – les adultes en ont le droit, les enfants, c'est plus compliqué, mais quand on sait faire semblant d'être accompagné, hein, un peu d'habileté, disait-il, j'ai tout appris, moi, comme ça. Mais le mieux, ce n'était pas les lambris des salles luxueuses de la cour de cassation, ni les portes battantes à hublot et doublées de cuir clouté. Disait-il, lyrique, sous l'effet du porto. Le mieux, c'était les escaliers vides dans l'épaisseur des murs : vous savez, l'épaisseur des murs de ce mastodonte de Palais de justice ? Disait-il. Plus larges que ceux d'un château fort, c'est bien simple, Bouillon peut aller se rhabiller. Riait-il. Et s'étonnant qu'on l'écoutât si longtemps. Moi, je ne me perdais jamais, là-haut. Par manque de personnel, disait-il, on ne vous surveille pas. Les escaliers débouchent sur des petites portes vertes, au niveau du toit. Puis il se perdait un peu dans son récit. Mais la nuit qu'il avait passée sur le toit lui avait rappelé tant de souvenirs. Je vous emmènerai, un jour, disait-il, Alors, un bref moment d'égarement dans son regard serrait le cœur : il voyait qu'on ne faisait plus du tout attention à lui. Il se mit à écouter le nouveau venu, un grand maigre avec un chien, et la nouvelle conversation qui bourdonnait autour. Et il essayait d'intervenir.

Justice soi-même

– Mon poing dans la gueule, je lui ai mis. Mon poing dans la gueule. Comme ça.

Et le geste illustrait un coup direct qu'on n'avait en effet pas envie de recevoir dans la face.

– Je te jure, frère, je te jure.

Il le jurait tant : soit c'était faux, soit il n'en revenait toujours pas. Difficile de trancher. Je penchais pour la seconde hypothèse. Il avait l'air bouleversé. Il avait peur de ce qu'il avait fait ; de ce à quoi il avait échappé, peut-être.

Il avait suivi, occupation d'un oisif, depuis deux ans les séances du long procès Latifa-Féron. Il était convaincu de la culpabilité des accusés. Féron avait tué, et Latifa était complice. Plus que complice. C'était Latifa qui avait tout préparé, prémédité. C'est à elle que le crime profitait le plus, évidemment. Elle a manipulé Féron, qui est une ordure, là n'est pas la question, et qui mérite sa peine de prison. C'est elle qui a ouvert la porte, elle qui surtout a ouvert la fenêtre, pour qu'on puisse croire à un crime de rôdeur ; et elle s'en sort !

– Je te jure, j'ai voulu la tuer. De mes mains.

Le plus remarquable, à mes yeux, était la totale absence de lien ou de connaissance entre lui et Féron, ou Latifa, ou même avec la victime, dont j'ai oublié le nom ; il avait assisté au procès, s'était monté le bourrichon tout seul, se scandalisait de l'erreur du juge, et voulait faire justice lui-même. Fascinant. Sa haine de Latifa, haine pure, me laissait rêveur.

– Alors, une fois que j'ai su où elle habitait, je l'ai suivie, plusieurs fois. Je menais mon enquête, j'ai constaté qu'elle connaissait bien le concierge, là, monsieur Deferre. Comme par hasard. Ça, ça n'a jamais été dit, au tribunal. Ça aurait tout changé!

D'autres lui demandaient s'il avait écrit au juge, pour lui apporter cette information, ou à l'avocat.

– Même à la presse, j'ai écrit. Au *Soir*, à *La Libre Belgique*, à la *Dernière Heure*, partout.

Puis un petit geste nerveux du pouce sous le menton, qu'il faisait souvent et qui signifiait : que dalle ou bernique.

– Alors j'y suis allé. Je te jure, je croyais que j'allais la tuer. J'étais calme. Je l'ai attendue dans le couloir de son troisième étage. En plus, c'est luxueux, cette saloperie, mais j'ai vérifié, il n'y avait pas de caméra. Dans le hall, en bas, oui, mais pas aux étages. Elle était surprise. J'ai dit : c'est vous qui êtes la vraie coupable. Elle s'est retournée. Si j'avais eu un tournevis ou un couteau, je l'aurais tuée. Mais je lui ai mis mon poing dans la gueule, frère. Comme ça. Chlaaaah.

Et comme il ne buvait jamais d'alcool, il essayait de se détendre, de s'apaiser, en buvant des cafés.

– Comme ça, frère, comme ça.

Possibilité d'une apparition rue du Noyer

– Vous pouvez vous payer ma tête tant que vous voudrez.

Ce petit côté victimaire et parano des ivrognes.

– Vous devriez être bien contents que je vous l'aie racontée.

Pour qu'il ne se fâche pas, les copains lui payaient la bière suivante. Narrateur douteux, évidemment. Mais son histoire me plaisait : il avait vu la Vierge Marie. Et plein de fois. Rue du Noyer.

– Il y a une église orientale, là, syriaque, en brique rouge. Ils parlent l'araméen, ces gens-là. La langue de Jésus. Oui. Eh bien, quand ma mère était à l'hôpital Linthout, là, vous voyez, eh bien, j'allais la voir quasi tous les jours. Et je passais le long de cette église. Et il y a une fenêtre, en haut, en demi-lune. Par cette fenêtre, on voyait, enfin, je voyais, une statue de la Vierge Marie. Vous savez, celle de Lourdes, en blanc et bleu avec une longue ceinture jusqu'aux pieds et les mains comme ça. Bon. Voilà. On peut avoir la berlue une fois, mais pas vingt fois, trente fois. Ma mère est restée trois semaines, quelque chose comme ça, hospitalisée. Elle était entrée pour un truc de rien du tout, remettre une pile dans le pacemaker, elle avait fait un malaise, ils l'avaient gardée en observation pendant un jour et là…

Une histoire qu'il avait en effet racontée au moins vingt ou trente fois : sa mère avait attrapé un streptocoque doré, avait été mise en isolement, était restée entre la vie et la mort puis s'en était sortie miraculeusement et était rentrée chez elle après trois semaines, pendant lesquelles le bon Adrien (son nom) était venu en visite très régulièrement, si pas chaque jour, même quand il ne pouvait pas rentrer dans la chambre et ne la voyait qu'à travers une vitre dans la porte. Puis, nettement plus tard, six mois, un an (ça dépendait des jours et des versions), il repasse rue du Noyer devant l'église syriaque. Pour une fois, les portes de l'église sont grandes ouvertes et la curiosité le prend d'aller voir à quoi ça ressemble à l'intérieur.

– Y avait du va-et-vient, des ouvriers, qui replafonnaient un truc, et moi je regarde, quoi, je visite. Puis il y a le prêtre qui vient, un type assez jeune mais avec des cheveux gris, tout courts, et une petite barbe, habillé en noir avec un col romain comme les catholiques. Il me demande ce que je fais là, mais très gentiment. Je lui explique que, pour une fois que c'est grand ouvert à cause des ouvriers, j'avais eu envie de venir voir. Que je passais souvent devant quand ma mère était hospitalisée. Et puis je lui dis: tiens, vous avez retiré la statue de la vierge de Lourdes, là-haut, à la fenêtre. Je fais même une blague: elle est pas tombée, au moins! Et là, il m'explique qu'il n'y a jamais eu de statue de la vierge ni de Lourdes ni d'ailleurs, là-haut, à la fenêtre. Jamais. J'ai beau insister, c'est non, non, jamais. J'ai…

Comme tout le monde connaissait l'histoire, on se moquait de lui gentiment, en répétant ensemble: non, non, jamais…

Et on lui payait la bière suivante.

Magnum

– 1 500 euros, pour moi, c'est une soirée, quoi. Champagne, tu sais combien ça coûte, une bouteille de champagne en boîte ?

Il veut dire : en boîte de nuit.

La question était rhétorique. Réponse : beaucoup.

– Eh bien, avec moi, c'est pas un, c'est pas 2, c'est 3 magnums. Des belles nanas ? Bam, j'offre ! Je leur fais apporter une bouteille, si elles viennent à ma table. En salon VIP.

D'origine portugaise, m'a-t-il dit. Oublié son prénom. Était sorti de prison le jour même. M'avait mis un couteau à pain sur la gorge. Je ne l'avais jamais vu.

Remettons les choses dans l'ordre.

Je suis au café Belga, place Flagey. Midi. Bondé. J'ai fait la queue et je trouve une table, où je pose mon plateau : soupe, sandwich au thon et coca zéro. Un type, la salle était pleine à craquer, un plateau en main me demande s'il peut s'installer à côté de moi. Moi, forcément, politesse oblige :

– Bien sûr !

Assis, il a l'air debout. Tellement il est grand, large, un bœuf.

Les sandwiches bobos du Belga sont servis comme ça : une demi-baguette, un grand couteau à pain pour l'ouvrir, une terrine en verre contenant le thon mayonnaise ou toute autre garniture, un petit couteau pour étendre la garniture en question.

– Ça fait longtemps qu'on ne m'a pas autorisé à avoir un couteau en main, me dit le bœuf. Et dans le même instant il me passe un bras autour du corps, m'immobilise et me colle le couteau sur la gorge. Il ajoute un truc du genre : tu comprends pourquoi, ou bien, il y avait une bonne raison, ou, c'était pas pour rien, ou, ils n'avaient pas tort.

Mon flegme m'a étonné. Je me sentais tellement en sécurité dans ce café bobo à midi que je n'ai pas vraiment eu le temps de prendre peur. Surtout que mon bœuf a désarmé et m'a fait un grand sourire carnassier, fier de sa plaisanterie.

Le gars sortait de prison.

Où l'on prive en effet les détenus de toute occasion de saisir un grand couteau à pain.

On a continué de sympathiser. J'ai des oreilles en forme de confessionnal. Je ne demande rien ; on me raconte tout.

Il me dit qu'il va replonger, que c'est fatal. Que c'est prévu. Il a quelque chose comme un revenu de réinsertion, si j'ai bien compris, ou est-ce une prime de chômage, ou un job qui l'attend, je ne sais plus, mais il prend l'air fier et dédaigneux : mes enfants vont croire que je suis un tocard, si je me contente de 1 500 euros. Je les emmène une journée avec moi, je leur achète des fringues, bam, resto, console, je sais pas. Et puis la bagnole.

Il parle par morceaux, mais on comprend bien les manques.

– Pour moi, une soirée, c'est 1 500 balles. Pour commencer.

Et là, le prix des magnums de champagne en boîte de nuit, salons VIP.

– En prison, c'est le cauchemar. Le porno à la télé toute la journée, toute la nuit, les codétenus, les gardiens surtout, ils te font mourir l'esprit. Ils te tuent, je te dis.

Ses gros yeux pleins de larmes. Mais les larmes n'ont pas coulé. Elles ont paru en un clin d'œil (c'est le cas de le dire) et disparu en un clin d'œil à nouveau. Mais elles étaient très claires, et accompagnées d'un nœud dans la gorge qui avait serré sa voix.

J'ai oublié son nom. Ce bœuf disait : « ils te font mourir l'esprit », exactement cette phrase, et ça m'a poigné dans l'âme.

Il m'a dit qu'il allait replonger, c'était sûr. Parce qu'il avait encore un flingue, et qu'il y a des stations-service, et des tiroirs-caisses.

Voilà. Sa main m'a serré le bras, du coude à l'épaule. Forte et chaude. Pour me dire salut. Il avait mangé la moitié de son pain, laissait son verre plein à demi. Je n'avais rien fait ; il m'appelait son ami. Il est parti.

Puis là, entre plume et papier, il vient de revenir.

— Vous êtes triste, monsieur Polet ?

Mais non.

Rêves

Ils se racontaient leurs rêves. Passionnant. Ils avaient tous deux des notes. L'un dans un carnet noir, soigné; l'autre sur des feuilles volantes, cornées, froissées, sales. Deux tempéraments. Deux amis. L'un avec un nez gros et bourgeonnant; l'autre avec un nez fin et busqué. Ce tableau était pour Toulouse-Lautrec ou pour Daumier. Ou pour Franquin. J'écoutais, emmailloté dans la tiédeur vaguement frissonnante d'une triple blonde. Le busqué avait été oniriquement recueilli dans une famille tsigane, où se préparait son mariage avec une fille du clan; le bourgeonnant, un doigt sur ses notes comme pour prouver la véracité du témoignage, devait dans son rêve apprendre pour le lendemain une partie soprano dans un opéra. Certes, ils avaient l'air de trouver cela amusant, mais leurs sourcils froncés, leurs doigts sur les notes, leurs silences pensifs, ils cherchaient quelque chose. La clef des songes, peut-être. Des interprétations.

J'ai constaté que j'entends mieux (comme tout le monde, sans doute) ce que je regarde. Comme ils n'étaient pas voisins directs de ma table, je braquais mes regards sur eux et zoomais le son, en quelque sorte. Le reste des bruits et conversations du café se fondait, et comme sur un décor les mots et les rêves des deux amis se découpaient pour moi. Les mots qui m'échappaient ajoutaient au charme mal cousu des songes.

Le busqué faisait du sport en chemise blanche. Du bureau? Du bureau. Le bourgeonnant parle d'un chemin ocre, ou beige ; le busqué, de l'embrassade d'il ne savait pas qui dans la montagne, aux mois de neige ; le bourgeonnant parle d'un hérisson dans une boîte en carton ; le busqué, rougissant, se souvient d'avoir dû faire pipi en public dans une gare où l'urinoir se transforme en distributeur de billets ; l'autre, d'une voiture de location dont il doit rendre les clés dans un hôpital, la nuit, sans réveiller les mourants, quand une voix sortant d'un haut-parleur l'accuse d'être arrivé en retard. Un type vérifie son billet de loto à Stavelot sur la place en pavé. Il a gagné ? Le busqué ne sait pas. Un homme a ses règles dans la douche. Puis le bourgeonnant retrouve dans un cocktail mondain un ami mort, qui s'avère devenu vaniteux et fat. Qui ? Jean ? Le busqué le connaît. Il a quant à lui vu sa mère en lévitation, les mains ouvertes vers le ciel, comme un bouddha. Le bourgeonnant a rêvé d'une copine de l'école, pas vue depuis vingt ans, qui lui massait nue les pieds au petit matin dans le lit puis qui se redressait et disait d'un air dégoûté, en visant les panards : c'est à cause des camemberts persil. Camemberts persil. Incroyable expression ! Que le busqué nota et répéta, en cherchant avec les mains dans l'air devant lui le mot de l'énigme. Puis le busqué expliqua qu'il avait rêvé d'un escalier qu'on ne pouvait gravir sans pleurer. Qu'il l'avait gravi plusieurs fois pendant le rêve, et qu'il s'était réveillé en larmes. Le bourgeonnant ouvrait des yeux comme des soucoupes.

L'horloge me mit dehors, j'avais rendez-vous trois rues plus loin pour une expertise de tableaux. Je revins une heure plus tard, l'expertise terminée. Les deux amis, mon tableau de Daumier, mon esquisse de Toulouse-Lautrec, mon dessin de Franquin avaient disparu, et leur merveilleuse conversation aussi.

Finale

Son mari a longtemps travaillé pour la Royale Belge. Il reçoit encore chaque année des entrées pour la finale du Concours Reine Élisabeth. De très bonnes places. Il était sous-directeur, quand même. Ses grandes oreilles, à son mari. Non pas d'âne, mais de vieil homme à longs lobes mous. Ne supportent plus la musique, ces oreilles-là ? Si. Un peu, plus beaucoup. Ce sont surtout les genoux. Rester coincé deux heures assis aux Beaux-Arts, il a mal, et puis il se plaint, et il tousse.

– Alors voilà, ma petite, si tu veux venir avec moi, ce soir ? C'est un candidat russe qui jouera Tchaïkovsky et une Japonaise qui jouera je ne sais plus quoi. Tchaïkovsky aussi, je crois. Oui ? Eh bien, on prend le tram 92 à 19 heures ? Bon, évidemment, il y a l'imposé. Mais ça va encore, cette année.

Et Émilie alla avec la voisine.

Mélanie

« Mariage de noces ». Bizarre lapsus. On le lui avait fait remarquer plusieurs fois, qu'elle se trompait et disait *mariage* de noces quand elle parlait de notre *voyage* de noces. Mais elle recommençait, retombait chaque fois, ça faisait sourire les interlocuteurs, évidemment. « Mariage de noces. » J'avais un peu honte. Je craignais qu'on la prenne pour une idiote. C'était ma secrétaire et les gens ont vite fait d'imaginer qu'une secrétaire est idiote.

Étourdie, elle l'était, sans doute, assez. Mais rien n'est plus différent de l'idiotie. Étourdie, gaie, joyeuse, légère, capable d'être la troisième femme d'un homme sans en ressentir jamais aucune gêne. Épouser son patron, être sa troisième femme et garder tant de fraîcheur ! C'est avoir une âme de moineau. Une âme, pas une cervelle. Et être douée, extraordinairement douée, pour le bonheur.

Une idiote, ça parle à tort et à travers. Mélanie, pas du tout. Mais elle s'émerveillait à temps et à contretemps, et ne s'apercevait pas que nos invités ne partageaient guère son enthousiasme à l'idée d'avoir vu pendant notre « mariage de noces » un guépard « à cinq mètres à peine de notre jeep, c'était incroyable, à peine plus loin de moi que la table, là, pas vrai Romain ? »

Je lisais dans les yeux de Joubert (un type qui, en fait de guépard, chasse le buffle au Botswana une à deux fois par an pour se détendre) des pensées condescendantes du genre : « J'espère au moins qu'elle est bonne au lit. »

Il espérait ça pour moi, ce connard de Joubert. Et je mesurais à l'envie que j'avais de casser la gueule à mon plus vieil ami l'amour que j'avais pour ma nouvelle épouse.

Joubert termina : « Donc, c'était bien, votre voyage de noces. Et vous avez fait un beau safari. »

Mélanie : « Eh bien, oui, vraiment. » Insistant sur le « vraiment » et ne percevant pas l'ironie de Joubert.

Souriante, heureuse. Donc, victorieuse.

Ma troisième femme. La meilleure.

Léopold II

Léopold II, roi des Belges et du Congo, eut un fils, qui mourut noyé dans un étang. Il eut une fille aussi, Charlotte, qui fut impératrice du Mexique, que ses sujets lièrent à un poteau et qu'ils fusillèrent. Il eut une fille encore, Stéphanie, qui épousa l'héritier de l'empire d'Autriche et en reçut la syphilis, avant que l'héritier ne s'anéantisse avec une actrice et un fusil de chasse.

Dire qu'on jalouse les familles royales.

Guépard

« Ma femme de ménage me vole. » C'est ce que m'a affirmé mon voisin italien quand je l'ai invité à prendre le café. Très curieux, très intéressé de voir à quoi ressemblait la maison jumelle de la sienne – quasi toutes les bâtisses de notre rue datent de l'immédiat après-guerre et portent le nom, gravé sur une pierre, du même architecte –, il avait gravi l'escalier en tournant la tête de tous côtés, en tâtant la rampe, les murs, les tapis, comme s'il évaluait le prix d'une mule.

J'ai découvert chez moi des objets manquants. Pourtant je n'ai pas la même femme de ménage que mon voisin. Volerait-elle aussi ? Le jeudi, son jour, j'étais assis dans mon fauteuil vert et je la soupçonnais. Je la regardais s'agiter et je méditais sur la grandeur assez considérable de son sac à main. Une vraie besace. Une vraie gibecière.

Toujours, je m'en vais à 11 heures. Elle, à midi. Est-ce la curée ? Sélectionne-t-elle soigneusement les objets à dérober pendant cette heure où le chat est parti ?

Ce jeudi, je déjeunais avec la femme du chocolatier du coin de la rue, qui est ma locataire. Elle est petite, ronde et explosive. Elle s'appelle Marina. Catégorique : les femmes de ménage qui volent, c'est rarissime. Légende, fantasme, préjugé sexiste et de classe.

– Pourtant, celle de mon voisin italien le vole. Il me l'a certifié.

– Certifié ? Des prunes ! Il se vole lui-même et c'est lui sûrement ton voleur. Que t'a-t-on pris ?

– Un petit guépard en malachite, sur la cheminée du salon.

Alors, elle a pouffé de rire.

Hampe

Quand le drapeau flotte, on dit que le roi est au pays ; quand le drapeau est enlevé, on dit qu'il est parti.

– En vacances ?

En voyage, enfin, à l'étranger.

Épatant, ce loft derrière la place du Trône. Vue sur le palais royal depuis les toilettes. Et cette question de Nikos, DG chypriote à la Commission, sur la raison de l'absence parfois du grand drapeau à la hampe du palais. Et ma réponse.

Après quoi le match a commencé à la télé et Anderlecht a perdu.

Pari

Mon corps est lourd, mon corps est las,
Je veux rester, je ne peux pas ;
L'âpre univers est un tissu de routes
Tramé de vent et de lumière.

C'était un pari à la con. Réciter un poème de Verhaeren tout nu debout sur le toit d'une voiture.

Mais *check*.

Majesté

L'imposé, oh là là, celui de l'année dernière passe encore, mais là… Quoi ? Elle dit qu'elle aime bien. Mais c'est de la frime. C'est bien simple, Jean-Pierre coupe son sonotone. Mais tais-toi, dis. Ariane ? Ça va, elle a ses examens, mais oui, elle est en première. Sa mère me dit qu'elle regarde Roland-Garros au lieu d'étudier. Mais sa mère sait pas la forcer. Bruno ? Égal à lui-même. Santé à toi aussi, dis. Mon préféré aussi c'est le Coréen. Il a l'air de prendre tellement de plaisir à jouer, tu trouves aussi n'est-ce pas ? Pour moi c'est ça l'important. Ils font leur grand camp du côté de Chassepierre. Elle est cheffe, hein, maintenant. Attends, j'en ai dans le fond de mon sac. De rien, dis. Je trouve ça bien que la reine vienne tous les soirs. Mais lui, il ne vient que le dernier jour. Et encore, ça dépend. Très belle robe, oui. Une styliste flamande hein qui fait ça. J'ai oublié son nom. Elle a une boutique à Anvers. Et rue Dansaert aussi, oui. Qui ça ? Eh ben, la reine de Hollande. Maxima. Mais oui. Mais qu'est-ce qu'elle fait là… On les a pourtant mis dehors en 1830. Moi, je vais encore passer au petit coin. Tu tiens ça ? Attends, il reste une goutte. Voilà. Ah oui hein, rien ne se perd ! Allez, à tout de suite. À tantôt. Quoi ? Tu viens avec ? Ça sonne déjà.

Péniche

Un peu bêtement, sans doute. Mais bon. Il avait craché. Depuis le pont enjambant le canal. La péniche passait là-dessous. Il se penchait là-haut, comme un gamin, il regardait les flots verts, kaki, les reflets du soleil bercé dans les remous, les graffitis le long du quai. Au loin, le sillage d'une péniche passée, pavillon néerlandais. Puis le nez de la péniche suivante surgissant de sous le pont ; une idée bête dans sa tête à lui. Encore heureux qu'elle portait une casquette, la fille. Ou ça lui serait tombé carrément dans les cheveux. Elle l'avait senti et compris immédiatement. Elle avait ôté la casquette, levé et tourné la tête vers Damien aussitôt et sans le moindre doute. Damien n'avait pas même eu le temps de faire un pas de retrait ou de se cacher derrière le parapet. Ses yeux à elle avaient fondu sur ses yeux à lui, rapaces. Pris leur proie. D'ailleurs elle avait fait un geste de la main qui ressemblait à un coup de serres.

Damien leva les mains en lançant des excuses. Elle continuait de lui faire signe, comme lui ordonnant de ne pas bouger.

Quoi ? Pourquoi ? Allait-elle descendre de la péniche ? Faire accoster son immense vaisseau ? C'était un gros transporteur, en effet. Pas de ceux qu'on fait s'arrêter pour un oui ou pour un non. Elle, en revanche, ayant laissé sa casquette, avait grimpé sur le toit du poste de commande, toit plat où stationnait, solidement attachée, la voiture des mariniers. Sans doute avait-elle donné au pilote des instructions. Il s'approchait du bord, sans ralentir. Damien craignait de comprendre. Cette furie s'apprêtait à bondir de la péniche en marche, sur le quai. Il pressentait l'accident, s'en voulait, se sentait responsable. Il eut un coup d'œil pour le Walvis, d'où il était sorti éméché dix minutes plus tôt, et semblait prendre à témoin l'établissement et sa terrasse clairsemée. Un ciel bas ne protégeait personne de rien du tout.

Alors Paula bondit et roula sur le quai. Elle se redressa puis courut vers le pont, fixant l'homme qui avait craché sur elle. Damien se sentait rassuré qu'elle ne se fût pas blessée en sautant. Il avait peur, aussi. Un tel bond, une telle course à présent, un tel regard de loin, c'était une fameuse colère. Il avait encore le temps de fuir, mais cette idée n'eut pas accès à lui. La péniche continuait, n'attendait pas. Comment ferait-elle pour la rejoindre ? Elle portait un pantalon noir et un chandail rouge.

Paula marmonnait en courant : je vais lui arracher les yeux, à ce connard. Et au mouvement que faisaient inconsciemment ses doigts, on pouvait croire qu'elle se prenait elle-même au premier degré. Au pied du pont s'envolait un escalier de pierre, qu'elle gravit quatre à quatre. Là-haut, le connard avait à peine bougé. Comme s'il l'attendait.

Soudain, elle eut peur : s'il lui avait déjà craché dessus, il pouvait très bien faire pire encore. Mais la peur disparut vite. Le type avait une expression tellement désolée. Il demandait pardon, avec des yeux contrits et une manière de sourire humble qui disait, en quelque sorte : si vous me pardonnez, on sera amis.

Mais Paula avait un kilo, un kilo et demi d'engueulade prêt à servir, et elle les lui servit.

Ce fut si sonore qu'à la terrasse du Walvis on s'en aperçut. Menu spectacle dont personne ne connaissait le déclencheur.

Paula n'avait plus envie de lui arracher les yeux ni de le frapper. Il était tellement de bonne foi, le garçon. Il répétait que c'était involontaire et surtout que c'était tellement idiot. Il ne fuyait pas.

Quand Damien sentit qu'elle se calmait, quand un bref silence, qu'elle eût pu employer comme précédemment à l'invectiver, la montra hésitante, il eut lui-même une seconde de lucide tranquillité, où il comprit que le gros de l'orage était passé. Mais aussi que l'incident et l'engueulade avaient installé entre eux, si vite, une sorte de familiarité. Elle était essoufflée, cherchait quoi dire ou faire pour conclure. Il se surprit à la trouver très jolie, surtout ces narines rondes et dilatées par la colère. Et ce mouvement pour remettre une mèche de cheveux qui lui barrait le visage.

Décidément, il ressemblait à quelqu'un. Paula avait eu ce sentiment si fort qu'elle avait cru avoir giflé une vieille connaissance, ou un acteur connu mais pas remis. Elle serrait les paupières pour le scruter plus intensément. Damien lui trouvait un regard extraordinaire. Paula hésitait à lui demander son nom, ou qui il était. Puis elle lâcha, toujours sur le ton de la colère :

– Vous, vous faites du cinéma ou de la télévision, vous !

– Euh, non, non, pourquoi ?

Alors elle eut un sourire involontaire, un peu soulagée de ne pas avoir giflé Guillaume Canet ou Jérémy Rénier.

– Je peux faire quelque chose pour que vous me pardonniez ?

Plutôt que de répondre non, comme elle le voulait, elle s'entendit répondre :

– Quoi par exemple ?
– Quoi ? Je ne sais pas, moi. Je peux…
Il ne savait pas. Il lui proposa, par exemple, de lui payer un verre. Paula, par réflexe, se retourna. Elle resta dos à Damien, le visage pensif tourné vers la terrasse du Walvis. Elle ajouta :
– Vous manquez pas de culot, quand même !
Puis, en se passant la main dans les cheveux, qui étaient d'un blond vraiment doré, un peu cassants :
– Heureusement que j'avais une casquette !
– Ah oui, alors là, vraiment, heureusement.
Elle avait fait un pas vers le Walvis.
Ils traversèrent, franchirent les rails du tramway.
– En terrasse ou dedans ?
Paula trouva que là, en terrasse, c'était très bien. Largement suffisant, même. Il lui demanda comment elle allait retrouver, enfin, rejoindre, son bateau.
– On mouille à Anvers. Y a bien un train de Bruxelles à Anvers, non ?
C'était si simple et si libre. Damien :
– C'est certain. Vous voulez boire quoi ?
Paula :
– Une bière.

Puissance

Cheveux courts, mains dans les poches. Tout le monde portait une veste en ce mois de novembre, mais il était sorti en chandail, léger, il marchait avec dégagement comme s'il ne faisait pas froid, comme s'il n'y avait pas de vapeur qui sortît de sa bouche et de la bouche des passants autour de lui.

Au carrefour, il s'est arrêté, il a levé les deux bras haut au-dessus de sa tête puis, à la manière d'un chef d'orchestre, il a projeté ses mains en avant. Vraiment comme s'il commandait l'ouverture d'un concert. Et en effet, de la façon la plus inattendue qui fût, là, au carrefour, avec la place devant, la fontaine, le square, les jeux d'enfants, là, soudain, on entendit sonner, nettes, immanquables, les premières mesures de la cinquième de Beethoven. Pa pa pa paaaam... Ça tenait de la magie. Il dirigeait, et la symphonie retentissait, là, en pleine ville, en dépit des voitures. Le son avait quelque chose de lointain et de déchiré, légèrement.

C'est alors que j'ai vu ce que mes yeux avides de causes et de raison cherchaient partout : à plusieurs balcons, aux étages des immeubles donnant sur la place des Chasseurs, des musiciens soufflaient dans des cuivres, jouaient du violon.

Je me suis arrêté, revenant de ma première surprise et jouissant tranquillement de cet impromptu urbain. Je n'étais pas le seul. Des vélos s'étaient arrêtés pour écouter. Le chef en chandail continuait sa danse particulière, comme un sorcier qui aurait commandé la pluie et l'aurait obtenue. Le petit miracle dura trois ou quatre minutes, juste le temps d'une éternité. Moi, et quelques autres, nous étions arrivés au moment parfait. Depuis plusieurs jours probablement ils préparaient leur coup, leur surprise, et ils comptaient sur le hasard pour choisir les passants qui se prendraient l'inattendu de plein fouet. Le hasard m'avait choisi, moi.

Diane

Diane trouvait à son doigt un air bizarre. Plus tordu que d'habitude. Elle le pliait, le dépliait, là, au-dessus du clavier d'ivoire et d'ébène qu'elle effleurait et qu'elle venait à peine de cesser de faire sonner. Elle pensait à l'âge, peut-être à un début d'arthrite ? La baleine noire et laquée du piano à queue, ouvert sur ses longs fanons de cordes, ne laissait plus échapper le roboratif plancton des notes. Un silence comme sous-marin, dans un halo de lumière d'autant plus poudreuse que filtrant par une fenêtre qui aurait bien mérité (Diane y avait pensé aussi, en s'installant au piano dix minutes plus tôt) un petit nettoyage, enveloppait la pianiste et sa rêverie sur l'âge et l'arthrose.

C'était un jour de bonheur et de tranquillité. Dans la cuisine, sous deux torchons, reposaient d'un côté une pâte à beignet et de l'autre des rondelles de pommes saupoudrées de sucre. Diane avait même aspergé les pommes délicatement d'un peu de rhum, en obturant le goulot avec le pouce et en renversant la bouteille. Puis elle avait léché son pouce, puis bu une rasade. Dehors, le jardinet de ville reflétait les jaunes d'automne des arbres voisins et dans le carré de gazon moucheté de feuilles mortes les corneilles habituelles cherchaient des limaces.

Diane rêvait devant le piano silencieux quand la sonnette retentit. Elle n'attendait personne, on n'avait pas non plus commandé de colis. Elle alla ouvrir. Le tabouret grinça sur le parquet, elle poussa par habitude l'interrupteur d'un éclairage inutile à cette heure du jour, descendit les quelques marches, sentit le froid de la pierre sous ses bas fins, tourna la clé et ouvrit la porte. Un monsieur pas très haut de taille, assis sur son vélo, un pied au sol, le visage large, une mèche de cheveux sombres barrant le front en oblique, s'adressa à elle :

– Madame Vady ?

– Oui.

– Votre mari va mourir dans quelques jours.

Sa commission faite, l'homme mit le pied à la pédale, redressa le guidon et partit sans demander son reste. Partit, ou fila, parce que Diane n'avait pas eu le temps de revenir de sa première surprise et de demander ce que signifiait cette intrusion absurde, que l'individu et sa veste grise arrivaient déjà au bout de la rue et, tournant à droite, disparaissaient.

Interloquée, Diane fronçait les sourcils, une main sur la poignée de la porte. Elle se pencha pour inspecter encore à droite et à gauche l'enfilade déserte de la rue, comme si une réponse allait en venir. Puis, hésitant entre le canular et l'hallucination, elle referma la lourde et grande porte de verre et de fer forgé, dont le claquement résonna dans tout le hall et la cage d'escalier. Quand un enfant fermait la porte de cette manière, on entendait généralement leur père récriminer, d'où qu'il fût et d'une voix forte : « Doucement, la porte ! » Car il craignait que le grand verre ne casse, comme cela s'était produit chez les voisins.

Diane retourna s'asseoir devant le piano. Se demandant si quelque chose s'était passé. Ou pas. Avait-on sonné à la porte ? Elle était seule dans la maison.

Intérieur d'îlot

L'élagueur avait chu. Il restait accroché à mi-hauteur, de l'arbre, arbre immense, tulipier de vingt-cinq mètres. À mi-hauteur de l'arbre, comme aussi entre la vie et la mort, l'élagueur barbu, son casque antibruit sur les oreilles, pendant, inerte, retenu par une grande fourche dans une branche secondaire, qui balançait encore du choc.

Ils étaient quatre au moins, à leurs fenêtres, contemplant la scène triste. Jean en voyait trois. Plus lui, ça faisait quatre. Le grand tulipier des voisins, orgueil encombrant des jardins dans l'intérieur du pâté de maison. Jean passait son temps à l'arrière-fenêtre. Dans son petit bureau aménagé pour le travail à distance en temps de pandémie. Le tulipier était son paysage. Sa vue habituelle. Ainsi que les trois autres types, voisins lointains, à leurs fenêtres aussi chaque jour, et certainement pour les mêmes raisons que lui.

Les deux élagueurs faisant du bruit depuis une demi-heure. L'un au sol, l'autre dans les airs. Un cri avait signalé la chute. Jean voyait le deuxième élagueur s'ingénier à déployer la grande échelle, perdant par énervement de précieuses secondes, de précieuses minutes, et voyait l'élagueur barbu, immobile, sans doute inconscient, balançant dans l'air. Si la branche sous lui cédait, le corps heurterait plus que probablement le muret de séparation des deux jardins. Ce qui serait violent. Jean regardait. Avec peut-être l'envie non pas qu'on le sauve, mais qu'il tombe, justement. Que l'accident aille au bout. Qu'il meure et que ce soit un drame.

En même temps, il s'étonnait, Jean, de penser cela. De désirer cela. L'autre élagueur craignait manifestement qu'en posant l'échelle à présent déployée le mouvement des branches dérangées fît basculer son collègue dans le vide. Son filin de protection, qu'en avait-il fait ? Une corde en effet pendait, venant de plus haut. L'avait-il mal arrimée ?

Une fois bien posée l'échelle, l'élagueur d'en bas la gravit presque en courant. Jean continuait d'espérer qu'en dernière minute le corps échappât. Qu'arrivé en haut l'élagueur voie son collègue tomber et baisse la tête vers le sol en l'appelant par son nom, en criant, en dévalant l'échelle. Avec un peu de chance, si le corps en tombant heurtait le muret d'une certaine manière, il pourrait se retrouver dans le jardin de Jean. Le corps désarticulé et peut-être sans vie, là, au sol, dans l'herbe rare et froide de février. Mais l'élagueur rejoignit son collègue et parvint, avec une agilité miraculeuse, à le hisser d'un coup sur son épaule. Il redescendit très lentement. La tête de l'élagueur accidenté bougeait à nouveau ; il revenait à lui.

Depuis leurs fenêtres, les trois spectateurs soulagés criaient bravo et applaudissaient. Ce qui en attirait d'autres. Jean se sentit obligé d'en faire autant, se pencha à la fenêtre et félicita l'élagueur. Il était l'un des plus proches et proposa son aide. Fallait-il, par exemple, appeler une ambulance ?

Hélène et Laure

La mère avait laissé au vestiaire son costume de mère, elle était ce soir-là sans enfants, elle sortait, avec l'idée de prendre du temps pour elle. Elle. Pas seulement ce qu'elle était pour les autres, mais elle, elle, indépendamment des autres, quoi. En somme. Elle avait glissé dans son sac un sachet d'herbe, qui datait, et pensait se fumer un joint après le resto. Sa copine Laure. Pas vue depuis un an. Un dîner entre filles. Qu'elles avaient commencé par un gin tonic bien chargé.

Et puis elle parle quand même de ses enfants. S'en rend-elle compte ?

– Tu sais ce qu'il me dit ? Il me dit : Maman, on est trop sur terre. Mais qui devrait ne pas être né ? Qu'est-ce que tu veux que je réponde à ça, moi ! Il a raison ! Alors j'essaie d'avoir un discours qui, je ne sais pas, mais…

La copine Laure, avec des expressions faciales soulignées de moulinets de la main, manifestait son admiration pour la maturité de ce petit bout qui parlait ainsi à sa mère. Hélène en était fière. Et ressentir cette fierté était ce qu'elle avait recherché. Elle s'efforçait maintenant de trouver quelque chose à dire où sa fille serait mise en valeur. Elle songeait aussi à ce que sa psy lui avait recommandé : écouter, prendre le temps d'écouter l'autre, sans s'inquiéter de répondre trop vite ou d'interrompre.

Laure expliqua alors qu'elle avait eu aussi avec ses deux filles une conversation du genre, un jour, dans la voiture, où les filles lui reprochaient, en un mot comme en cent, d'avoir eu des enfants, que c'était irresponsable de…

– Mais elles ont quel âge encore tes filles ?

– Dix la petite, treize l'aînée.

– Elles sont hyper matures ! C'est dingue !

Et Laure aussi était fière et heureuse, en dessous d'un voile d'angoisse, quand elle concluait :

– Ce qui est sûr, c'est que je ne serai jamais grand-mère.

Elles mangèrent bien. Elles fumèrent le pétard sur un banc public. Elles eurent un fou rire. Elles rentrèrent chez elles.

Un perdant

C'est marrant. On s'est bien poilés. Un looser, un perdant, mais dans toute sa splendeur ! Moche, évidemment. Mauvaise haleine, et ça, en dix ans, ça n'a pas changé. Il a planté son resto à cause du Covid. Y vient me demander de l'argent. Un air de chien battu. On s'était pas vus depuis dix ans. Moi, les gens qui se souviennent de toi seulement quand ils ont besoin d'argent, bon, on ne me la fait pas. J'ai directement prévenu Jean-Charles et Didier. Et ça n'a pas raté : il est allé les voir aussi. Mais ils étaient prévenus. Ça faisait longtemps que j'avais pas revu Jean-Charles et Didier. Somme toute, c'est grâce à ce looser de François qu'on s'est retrouvés. À quelque chose malheur est bon. Mais déjà quand on était à l'école, c'était le champion des blagues qui tombent à plat. Il était amoureux d'une moche, et encore, elle ne l'aimait pas. Tiens, on n'a pas vu sa femme. On sait pas à quoi elle ressemble. Il m'a dit qu'ils avaient un fils qui a une maladie je ne sais pas quoi. Y a des gens qui les accumulent, enfin, qui les cherchent. Cela dit, on s'est bien marrés hier soir avec Jean-Charles et Didier. À se rappeler le passé. Ça file, l'air de rien.

Avant l'orage

J'ai acheté un chien. Son pelage et son muscle se promènent dans le jardin. C'est à peu près la moitié de la beauté du Prado ou du Louvre qui se dandine là, joue de sa rousseur changeante sous les rayons du soleil, bondit et donne des leçons d'anatomie à Michel-Ange, attrape une petite balle et rend des points à Pieter Boel, à Jan Fyt, les meilleurs peintres d'animaux qui aient jamais marché sur la Terre. Sa joie gratuite vaut plusieurs Brueghel. Son arrêt, soudain, parce qu'un chat voisin passe derrière la clôture du pré, condense toute la statuaire. Et les fleurs tout autour du printemps ! Et l'azalée d'un rose qu'aucun pinceau n'oserait, et le thuya presque jaune et les myosotis ! Et le houx, géométrique et les dents de lion en pleine métamorphose de leur crinière jaune à leur boule de poils chenus que Larousse sème à tout vent, de leur état de soleil à leur état de lune ! Et l'enclume là-haut d'un cumulonimbus s'offrant au travail des titans trop grands pour qu'on les voie. Et le coup de tonnerre de leur marteau, l'effroi quasi comique de mon braque roux, son inquiétude. Il grogne. Cela signifie, visiteurs, apparemment, que l'on ferme. Encore un grondement des Titans dans leur nuage, un grognement de Titus mon braque, et sa queue qui rentre entre les jambes. Titus renonce au combat des géants. Il s'est résigné. La tête basse, feignant de pister pour ne pas avouer sa défaite, il rentre. Par la porte de mon bureau, qui lui est interdite. Il le sait bien. Faut-il qu'il ait eu peur des Titans pour me braver ainsi ! Pour la forme, je le gronde. Mais je le garde dans mes jambes. Je termine un article pour un journal du soir. Le soleil se voile. Un peu d'air, bourré de divinités invisibles, soulève les feuillages par le dessous. Le grondement reprend ; le cœur de Titus bat jusque dans mes jambes ; l'orage s'annonce étonnant.

Main gauche

Elle a des mains d'enfant. C'est le serveur qui le lui dit. Et pourtant elle est là à porter de lourds casiers de bouteilles. Elle les empile sur le monte-charge, qu'elle fait descendre à la réserve, et tandis que le monte-charge descend, la trappe se referme dans le même mouvement, avec un clap final.

Alors elle retourne vers le serveur en lui montrant le dos de sa main gauche et en y dessinant doucement quelque chose avec l'index. Ça ferait un oiseau et, autour, du vert. Le serveur trouve franchement qu'elle ne devrait pas se faire faire ce tatouage. Pas sur la main, du moins. Elle a des mains d'enfant. C'est une chance qu'il faut garder. Elle rit, de ses dents petites, claires, régulières. Des dents d'enfant aussi.

Considération intempestive

Trop sensible, beaucoup trop.

Ces grandes vitrines, dans les restaurants, piègent les mouches et les guêpes qui, entrées par mégarde, s'efforcent jusqu'à l'épuisement de trouver une issue par où la vue les guide. La vue! Que ne connaissent-elles cette invention du verre et des vitres… Ce miracle technique pour faire entrer la lumière… comme toujours les inventions de l'homme se retournent contre la nature et déçoivent jusqu'à la mort les tentatives de l'insecte.

Concevront-ils, ces moucherons, et transmettront-ils à leurs descendants, selon les mécanismes de l'évolution et des caractères acquis, une mise en doute du visible? Une suspicion quant à la perméabilité de l'aérien? Ou bien une sorte de désespoir et de sentiment kafkaïen s'empareront-ils de l'espèce, pour les mener à la dépression, l'auto-extinction, à la diminution de la volonté de vie?

Et cette jeune boulangère fière de sa boutique jolie, vitrée, inondée de lumière, aura-t-elle joué un rôle dans l'anéantissement d'une nuance de la vie?

Patinir

Est-ce de la paresse, d'aimer un tableau ? Un tableau de paysage, et d'avoir envie d'y rentrer pour longtemps, se baigner dans les flots de peinture sèche ; de sucer un épi cueilli dans le pré ou sur la berge, couché dans les herbes à regarder les frondaisons vert de cuivre et le ciel bleu cobalt ?

Rue Royale

Il y avait de l'eau partout, ça tombait du ciel et ça rebondissait façon tambour sur les trottoirs, et les lumières de la ville se multipliaient dans toute cette pluie, feu d'artifice diamantin qui mouillait les pieds puis que le tram imperturbable traversait en resplendissant. Les gens serraient leur capuche sous le menton, on crispait les épaules, le froid et l'eau s'insinuaient, trouvaient comme des baisers le chemin du cou et des frissons. Les pieds mouillés, la musique des flaques. Martine éternuait. On était heureux. C'était Bruxelles, la rue Royale. Après le cinéma. Début juillet.

Brigitte et Nancy

Je veux dire, elle avait fait l'université et elle se retrouve présentatrice de la boutique-télé. Bon. Permanentée, maquillée. Pas d'âge, entre trente et soixante ans. Pour les gens qui ne la connaissent pas, bien sûr. Dents blanches, sourire de plâtre. Nancy. En plus on l'a fait changer de nom ! Nancy, c'est plus américain, je suppose, plus commercial, plus blonde. Plus publicitaire. Nancy par ci, Nancy par là. Ma sympathique Brigitte, que j'ai connue sur les bancs, voilà, devenue un objet lissé, poli, coloré, qui glisse derrière l'écran de la télévision, insaisissable. Toujours avec un gros sourire et, moi je trouve, de la tristesse au fond des yeux.

Coup de foudre

Blonde.

Fausse, bien sûr.

Mais qu'importe.

Ce n'était pas mal, comme haïku. Certainement le meilleur de ceux qui étaient exposés là, sur des pages A3, blanches, dans le hall de l'Académie des beaux-arts de Pierrefort, le bourg de six mille âmes où vit ma sœur. Derrière une double porte sonnait le pauvre piano : les gamins donnaient à tour de rôle leur petit morceau de Noël. Mon neveu était du nombre. J'avais prétexté un appel téléphonique, je m'étais extrait des rangs serrés et je me retrouvais dans le hall, le téléphone en main, personne au bout, faisant les cent pas, lisant les haïkus au mur, évitant les dessins – un peu pires.

Une femme que je ne connaissais pas et dont le visage m'était toutefois familier sortit par la double porte, elle aussi derrière son téléphone, et il m'apparaissait clairement qu'elle avait trouvé comme moi un prétexte.

Après un moment passé à poliment s'ignorer dans le hall carré, j'ai brisé la glace :

– Vous aussi, c'est un neveu ?

Elle a répondu oui, puis elle a corrigé en remettant ses cheveux derrière l'oreille :

– Enfin, moi, c'est une nièce.

Vraiment, la métaphore de l'éclair est parfaite. C'est exactement ça, un coup de foudre. Ça m'a traversé des cheveux jusqu'aux pieds. D'un coup, le monde s'est dépeuplé, il n'y avait plus qu'elle ; d'un coup, mon histoire s'est effacée, il n'y avait plus qu'elle ; l'Académie des beaux-arts s'est effacée aussi et je ne me rendais pas compte que je parlais soudainement très fort, tout au plaisir d'essayer de lui plaire et de la faire – qui sait ! – rire !

– Ils appellent ça un concert mais c'est une torture !

Exclamation destinée à établir, cela va de soi, une certaine connivence entre elle, si belle, et moi. Mais exclamée si fort, en réalité quasi hurlée, que ça avait dû traverser la double porte et atteindre sans beaucoup de difficulté les oreilles de tout le monde dans la salle. J'ai eu le temps de me mettre la main sur la bouche, d'écarquiller les yeux pour manifester que je me rendais compte de la gaffe commise, et pour aussi dévorer du regard cette personne qui comme moi mettait la main sur sa bouche et me regardait, les yeux écarquillés, prête à rire, prête à éclater peut-être. La double porte s'est ouverte. Ma sœur fut la première à paraître, suivie d'un petit bonhomme qui s'avéra être le directeur de l'académie et compositeur du morceau qu'on avait entendu en début de récital. Je fus mis dehors, et ils n'eurent pas grand effort à fournir pour que je sortisse en effet.

Sur le perron – sept marches de pierre bleue – j'eus froid en comprenant que sans doute la… comment dire… elle, en somme, oui, elle, ou Elle, en aurait profité pour rentrer dans la salle. Au lieu de choisir la rébellion et de sortir avec moi de l'académie, d'abandonner la nièce, de rire, de rire, de se tenir les côtes, de s'accrocher au bras l'un de l'autre, peut-être. Et puis de faire connaissance, et peut-être d'errer quelques minutes improbables dans Pierrefort à la recherche d'un bistrot, de ne pas en trouver, de marcher, d'avoir un peu froid, d'accepter que je lui passe mon veston sur les épaules, et puis de commencer une vie nouvelle, d'être une femme nouvelle parce que j'aurais été un homme nouveau.

Mais elle avait en effet réintégré la salle.

Moi pas. J'ai fait un tour à la recherche d'un bistrot, je n'en ai pas trouvé, j'ai marché, j'ai eu froid. J'ai rejoint ma sœur, qui m'a appelé quand c'était terminé. J'ai regardé autour de moi, j'ai vu des gens regagner leurs voitures, je ne l'ai pas retrouvée, elle. Et depuis lors – quatre mois – il n'y a pas un jour – pas un – où je ne me sois remémoré cet instant.

La métaphore de l'éclair et de la foudre sont justes.

Moi, consumé.

Lisière

Depuis la lisière, on voyait la vitrine du tennis club et, sur la vitrine, le reflet de la partie de snooker qui passait à la télé. C'était la nuit. Enfin, il faisait noir. Et froid.

J'avais les pieds dans la boue et je voyais les baskets blanches d'un type en short qui descendait de sa bagnole avec son sac de sport. Il allait d'un pas alerte, sautant les deux petites marches, devant se dire fièrement qu'à soixante-cinq ans il n'avait pas de douleurs aux rotules. Il poussait la porte vitrée, faisait glisser les reflets de l'intérieur. La porte se refermait et tout revenait en place.

J'avais des pulsions de sortir du bois, de pénétrer dans le club et de tout bouffer. Parce que j'avais la dalle et que j'étais sûre qu'à l'intérieur ils avaient plein de trucs. Des chips, des cacahuètes, des saucisses sèches.

J'ai essayé encore de me voir dans les vitres, en faisant de grands gestes, mais ces fenêtres du club sont impitoyables et ne reflètent que ce qui est à l'intérieur ou dans la lumière. J'ai tourné les talons dans la boue et les épines de sapin et je suis retournée dans l'épaisseur.

Corbeau

Il se couchait sur le terrain de foot et posait un pied sur l'autre, façon antenne. On ne pouvait pas savoir si c'était habituel ni intentionnel, mais une corneille – ou était-ce un choucas ou un corbeau, enfin, un de ces grands oiseaux noirs – venait se poser sur ce perchoir. L'homme couché sur le gazon ne bougeait pas les pieds ; l'oiseau parfois remuait les ailes, voletait, retombait sur la pointe du pied.

On aurait voulu s'approcher. Le terrain de foot était désert et désenchanté, un pauvre cadre de but rouillé orphelin de son jumeau, une flaque de boue séchée par le soleil froid. Mais on craignait de gâcher ce moment de grâce et d'effaroucher l'oiseau. On resta un quart d'heure à contempler la scène, les bois autour du terrain étirèrent leur ombre. Les fins d'après-midi d'hiver, le soleil est si rapide qu'on dirait qu'il tire le rideau sur la terre. Le type au corbeau s'est levé, il a parlé à la bête – on n'entendait de loin que des sons vagues – et l'animal a croassé, voleté, cabriolant bizarrement. Puis il a disparu dans l'ombre et reparu au-dessus des bois, redisparu au-delà. L'homme quitta le terrain, remonta la pente. Une barbe noire et fournie recouvrait ses joues comme une fourrure. Nous n'étions pas sur le chemin. Il le quitta et coupa vers nous. Allait-il nous interroger, nous reprocher quelque chose ?

– Bonjour.

Et après cette salutation faite en passant, il continua droit devant.

Gare à toi

Ça n'arrive pas tous les jours, de rencontrer dans une gare quelqu'un en train de lire votre livre.

Ça s'est passé. C'était à la gare des Guillemins, à Liège. Un monde fou. Je ne connais personne dans cette ville, j'y étais pour le boulot, je prenais le direct pour rentrer à Bruxelles. J'étais exténué. Des tas de gens poireautaient avec l'éternel téléphone dans la main, sauf un gars, chauve, qui serrait un livre de poche. Déjà, ça faisait plaisir à voir et je décide de poireauter à côté de lui. Je laisse couler mon regard sur le texte. La couverture du livre n'était pas visible, il tenait le livre des deux mains. Beaucoup de *Folio* se ressemblent. Très vite, le doute n'est plus permis : ce sont mes phrases ! Et comment, que je les reconnais ! Il en est à la page 43. Je m'en souviendrai toute ma vie. J'hésite à lui adresser la parole. Ce serait ringard. En même temps, soyons simples : la coïncidence est épatante. Toute vanité mise à part, n'est-ce pas un signe, un jeu du destin ? Alors je m'excuse de l'interrompre et je lui dis, en me prenant les pieds dans le tapis, je veux dire, en bredouillant : C'est de, oh, oui, le, très, oui, je, ha, c'est-à-dire, c'est lequel ?

L'homme, accommodant, lève les yeux vers moi et retourne son livre pour m'en faire voir la couverture. Moi :

– Oui, oui, oui, euh, c'est… c'est comment ? C'est bien ?

– Pour être honnête, franchement pas terrible. J'ai pris ça chez ma sœur avant de partir, mais c'est assez nul. Vous connaissez ?

Il me restait l'espoir que sa sœur avait aimé. Pas impossible.

Après, de loin, j'ai examiné le chauve. Et pour être tout à fait honnête, il avait l'air, comment dire. Je ne sais pas.

Jazz station

Évidemment, c'était la plus belle. Dingue, même, qu'on laissât une si belle fille tenir un bar, la nuit, toute seule. Sans doute, elle ne manquait pas d'autorité, mais tout de même. On la regardait aux hanches, aux fesses, aux seins. On était tous des dangers publics, je veux dire, des dangers particuliers pour elle. Nous, là, au comptoir, buvant et bavant, buveurs et baveux. Qui ne trempions pas notre queue bien souvent, il faut le dire.

Elle s'appelait Emma. Elle était métisse. Un papa belge et une maman congolaise, ou était-ce le contraire. Le fruit était à tomber raide. Belle ! Les cheveux comme un énorme paquet de ressorts derrière elle, qui la suivait. Quelle élasticité ! Ventredieu !

J'en ai assez dit. On a compris.

Moi, ma petite barbe, mes petites lunettes, ma bonne éducation. Mes santiags. Mes goûts musicaux.

Le bar faisait un des coins du square des Bienfaiteurs, le mal nommé. Un de ces rares endroits en ville où, en plein extérieur, on trouve assez régulièrement, à la branche d'un des gros arbres (je crois, un marronnier) des pendus. Jolie rencontre du petit matin, le travailleur gentil qui va prendre son tram et qui remarque, en travers de la clarté louche, sous l'arbre, le balancement d'un suicidé. C'est sûr, ça marque une journée, ce genre de spectacle inattendu.

Bref. Le problème d'Emma, c'est qu'elle volait. Jamais le patron, évidemment. Mais les clients. Quand on est bourré, on ne compte pas forcément bien la monnaie qu'on nous rend. Des petits larcins d'une pièce ou deux, d'un petit billet. Moi, qui jouissais d'un QI un peu plus élevé que mes semblables au comptoir, je m'en étais avisé. Je la couvrais. Ou plutôt, j'étais prêt à la couvrir, au cas où. Et je faisais gaffe à ne pas payer avec de grosses coupures, pour qu'elle n'ait pas la tentation de me flouer au-delà de ce que je pouvais me permettre.

Je ne disais rien. Elle ne savait pas que je savais. Mais moi, ça me faisait comme une complicité avec elle. À défaut de lui tripoter la poitrine, c'était une forme d'intimité. De secret.

Ce qui devait arriver arriva. Un type qui voulait la toucher depuis longtemps, qui avait déjà essayé, qui s'était déjà fait repousser, engueuler et même fait sortir par nous, les autres, pour défendre Emma, s'est aperçu du manège, a prévenu le patron qui – pourquoi donc ? – l'a cru sur parole et a mis la fille à la porte. Brusquement.

Personne n'avait jamais obtenu son numéro de portable et le patron a refusé de le passer aussi.

Sa remplaçante ne volait ni ne charmait.

Moi, mon cœur était pris. Il n'y en avait plus dans ma cage thoracique. Comme un oiseau aurait fui de la volière. Plus guère de chant.

J'en crevais. Pas seulement la nuit quand j'entrais au Tango et que je voyais son absence derrière le comptoir. Toute la journée et tous les jours. Comme une maladie. Une sorte de chaude-pisse qui vous fait constamment mal à un endroit qu'on ne peut pas gratter.

Je dévorais des yeux les trottoirs, les trams, tout ce que je pouvais. Le hasard aurait dû la remettre sur mon chemin.

Je suis technicien. Je travaille à la Jazz Station, j'installe les micros, je règle la balance. Parfois, j'enregistre. Pas tout seul ; je ne suis que l'assistant.

Je reste pour les concerts, forcément. Et c'est quand je termine que je pousse ma carcasse jusqu'aux Bienfaiteurs et au Tango. Je ne passe plus sous les marronniers sans avoir envie de me pendre.

Un pote a retrouvé Emma un jour sur Facebook. Comme ça, pour se marrer, quasi sans vouloir.

Je lui ai écrit, je lui ai envoyé une invitation, à laquelle elle n'a jamais répondu, et je me contente de regarder de temps en temps sa photo de profil. Qui est comme l'arbre qui cache la forêt. Ou comme l'affiche d'un concert où on ne vous laisse pas entrer.

Il ne se passe rien dans ma vie, à part la musique et la mélancolie.

Je me demande souvent si c'est normal, si c'est bien ça, une vie. Je ne vois pourtant pas ce que je pourrais y changer.

J'ai quarante-sept ans, je n'ai pas d'enfants, je suis locataire. Mais j'aime lire, j'aime la musique. Je suis cinéphile. J'ai assez bien de succès avec les plantes vertes. Et plusieurs fois j'ai récupéré chez des copains des végétaux à moitié dépéris qui ont guéri puis pété la forme et parfois même fleuri et en tout cas poussé énormément une fois chez moi.

Et je suis amoureux d'une personne mi-inconnue, mi-disparue.

Benoît

C'était un mardi. Benoît achetait une lampe-loupe pour ses activités de modélisme. Additionnée de deux ampoules et d'un gadget inutile mais amusant trouvé sur le présentoir à côté de la caisse enregistreuse et qu'il offrirait à sa femme.

Benoît s'apprêtait à payer par carte. Le montant total à régler, que le vendeur lui indiquait oralement et qui s'affichait aussi sur le terminal bancaire correspondait exactement aux quatre chiffres de son code secret. 87,82 euros, code carte : 8782. Étonnante coïncidence.

S'il n'avait redouté de dévoiler son code secret, Benoît aurait volontiers fait part au vendeur de ce hasard rare.

Benoît avançait sur le trottoir, toujours sous le charme de cette aventure, et rejoignait sa voiture.

C'était une Peugeot 5008 blanche aux vitres teintées, avec l'option toit vitré.

Derrière sa Peugeot s'était garée – il le découvrait d'abord avec amusement, ensuite avec un début de stupeur – une voiture exactement identique. Même modèle, mêmes options, même couleur blanche. L'immatriculation seule changeait.

Au volant de sa voiture, Benoît s'amusait de cette journée de coïncidences et songeait : voilà bien le jour où je devrais jouer au loto !

Il allait téléphoner à Judith, sa femme, lorsque le téléphone sonna. C'était Judith. Décidément.

– Justement, j'allais t'appeler, à l'instant.

Elle lui demandait de ramener du pain.

Il s'arrêta donc à la boulangerie. Le client devant lui achetait – précisément comme Benoît s'apprêtait à le faire – deux baguettes pas trop cuites et un campagne complet.

– Coupé ?

– S'il vous plaît.

Même commande, vraiment.

La boulangère échangea quelques mots familiers avec le client, qu'elle connaissait manifestement, et le salua d'un :

– Bonne journée, monsieur Benoît.

Benoît reçut la phrase comme un choc : le client s'appelait Benoît ! De nom de famille, sans doute, alors que lui, c'était son prénom, mais tout de même. Et la boulangère dut le sortir de sa rêverie :

– Monsieur, oh-oh, Monsieur, pour vous ce sera ?

– Euh, pardon. Deux baguettes pas trop cuites et un pain de campagne complet.

– Coupé ?

– Oui, s'il vous plaît.

– Avec ça ?

– C'est tout.

Forcément, la boulangère lui réclama exactement le même montant qu'à monsieur Benoît.

Benoît ne se croyait pas superstitieux, mais aurait trouvé idiot de ne pas tenter tout de même la chance au loto, après tant de signes et de coïncidences. Ça ne coûtait rien. Il entra dans la boutique voisine et remplit une grille de loto en combinant la date du jour et sa date de naissance.

Puis, avant de remonter dans sa voiture, il alla jusqu'à un banc public et s'assit. Il avait besoin de s'arrêter. De réfléchir.

Il faisait beau soleil et l'ombre du grand tilleul sur le sol devant lui était si nette qu'on pouvait en compter les feuilles. Benoît se demanda un instant si ce calcul serait révélateur de quelque chose. Puis il chassa cette idée insensée, se massa le crâne, prit une profonde respiration et se leva.

Sa femme lui demanda la raison d'une arrivée si tardive. Benoît consulta sa montre. Il était resté sur le banc beaucoup plus longtemps qu'il ne l'avait cru.

Au repas, Benoît pensa évoquer les hasards étonnants de la journée, mais finalement n'en trouva pas l'occasion. Était-ce si important, d'ailleurs ?

Après, il oublia, il dormit. Et c'est en cherchant, le lendemain vers midi, des sous dans son portefeuille qu'il retrouva le billet de loto, auquel il ne songeait plus. Il prit le temps d'entrer dans une librairie.

– Votre billet n'a rien gagné.

Il sortit avec une sensation légère de soulagement. Le destin ne voulait pas de lui. Les arbres sur la place frissonnaient gaiement et les soucis ordinaires pouvaient reprendre leur cours.

Trois soleils

Une maison avec trois soleils. C'était le seul indice. J'ai marché, beaucoup, patiemment, dans les rues de Schaerbeek, à la recherche de cette maison, de cette façade, de ses trois soleils dont je ne savais rien, s'ils étaient petits ou grands, visibles ou discrets. On avait bavardé, on avait ri, à minuit comme dans un conte de fées elle avait voulu absolument partir, elle se hâtait, et tandis que je lui demandais un numéro de téléphone ou une adresse, pour qu'on ne se perde pas, elle s'était contentée de dire dans un sourire lumineux que je vois encore : j'habite une maison avec trois soleils. Puis, volte-face avec un vol de chevelure que j'ai perçu au ralenti, planant, horizontal et progressif, tel le mouvement des anneaux autour de Saturne. Bref. J'étais l'assoiffé à qui on retire le verre d'eau et j'ai lancé encore : mais où ? À Schaerbeek ? Je ne suis pas certain qu'elle ait dit oui, mais ses yeux se sont plissés dans un nouveau sourire et c'était manifestement une forme de réponse positive. Alors voilà, dès le lendemain, à 19 heures, après le boulot, j'étais là à arpenter les rues de la commune, commençant par les environs de la galerie d'art où on s'était rencontrés, attentif aux détails des façades, moulures, vitraux, carreaux de céramiques et ferronneries des balcons. Promenade enchantée, le cœur battait gaîment, j'étais prêt à trouver les trois soleils, à sonner à la porte, à faire semblant d'être tombé dessus par hasard, vraiment, le destin, en somme, je passais par là. Et puis ce qui s'ensuivrait.

Je mis deux heures avant de fatiguer. La lumière demeurait : fin de printemps. Ce ne sont pas les jambes qui ont manqué, c'est seulement une pensée qui m'a traversé l'esprit façon étoile filante : trois soleils, ce qu'elle voulait dire, c'était, dans ce sourire et avec ce clin d'œil, trois enfants, évidemment. J'habite une maison avec trois soleils, trois enfants. Et mieux : ses trois soleils, c'était pire, c'était deux enfants et un homme, leur père, qu'elle assimilait au soleil comme les enfants. Message très clair : Je suis heureuse et entourée, ne crois pas un instant que cette agréable conversation que nous avons eue à la galerie t'autorise le moins du monde à espérer rentrer dans ma vie. Lumineux.

Donc, je n'avais pas compris l'image. Trop rempli de contentement et de désir, moi, la veille, bouché à l'émeri. Quel idiot. J'avais bonne mine depuis deux heures, à chercher une façade bêtement ornée de trois soleils. Pendant que Lorelei – ça tout de même, c'était son nom, il ne contenait pas de message codé – cuisinait peut-être avec son soleil de mari pour leurs deux soleils d'enfants. Ou se délassait dans un canapé chic et cher, derrière une de ces baies aux rideaux tirés.

J'étais amer. Toutefois, j'aime à me balader sans but, et je continuai pour me consoler. Je ne cherchais plus des soleils sur les façades, mais je gardais le nez en l'air, avec le demi-sourire de l'autodérision. La nuit venait lentement, et j'approchais de chez moi. Quand, à trois rues de la mienne, je les ai vus, les trois soleils. Rue Eecklaers. Trois soleils en céramique, joli décor de façade, en bandeau, sous le premier étage. Des carreaux de 40 sur 40, à première vue. Les motifs de soleils en relief et en couleurs, tournesols de feu, incontestables.

J'étais stupéfait. À la fois sceptique et euphorique. Évidemment, je n'osai pas sonner. À 21 h 30, je passerais pour un psychopathe ou pour un goujat. Et si c'était le mari qui ouvrait la porte ? Parce que les trois soleils en façade n'excluaient pas nécessairement l'existence des trois soleils à l'intérieur, sous la forme d'enfants et d'un géniteur éventuellement jaloux et violent. Il n'y avait qu'une sonnette. Maison unifamiliale, donc. Et dénotant une certaine aisance financière.

J'ai repris la marche, d'un pas un peu plus rapide, je suis rentré chez moi en regrettant qu'elle ne m'ait pas plutôt passé un numéro de téléphone comme toute personne normale, au lieu de cet indice puéril et finalement très emmerdant de la maison aux trois soleils.

Parc

9 h 30. Maman devrait être là. Les arbres du parc ploient sous les nuages. La gamine attend, son cartable à la main. Qui l'a vue peu avant sait qu'elle jouait, bougeait, allait et venait. Depuis que le retard est devenu inquiétant, l'enfant reste à peu près immobile, pieds joints sur le trottoir, le cartable à la main. Curieux garde-à-vous devant la peur que la mère puisse ne pas arriver. Pluie, automne, dans le ballet de feuilles jaunies les enfants eux-mêmes sont peut-être sensibles aux mélancolies de la disparition, de l'abandon, de la fatalité. Pas une larme, cela dit. Une moue stoïque, absorbée dans des rêveries qui font froid dans le dos. Puis, deux coups de klaxon, des feux jaunes, faisceaux, la voiture bleue, la gamine ressuscitée qui trotte, la portière qui grince et claque. Et la rumeur du moteur et les gaz d'échappement, seules traces de l'épisode, s'effacent.

L’ange

Le type avait la nuque raide et la tête perpétuellement inclinée. Il devait regarder par au-dessus de ses lunettes pour voir devant lui. C’était à cause d’un excès de charge, quand il était manutentionnaire. On lui avait dit que ça ne valait pas la peine de demander compensation devant le tribunal, et il l’avait cru. Fatigué, il avait démissionné, renonçant de fait à toute indemnité. Ce type-là jouait au billard quand Jérémie entra.

L’entrée de Jérémie se fit avec de la lumière : un hasard voulut qu’une publicité sur les trois écrans de télévision du bar affiche une grande surface blanche, éclairant brusquement le café sombre de nuit au moment où Jérémie passait la porte. La pub passa, la lumière s’en fut, et resta l’impression rétinienne de l’entrée de Jérémie comme un flash de lumière ou comme un ange fuligineux. Il dit : « Une bière pour cet homme. » L’homme à la nuque raide tourna le torse pour voir qui offrait cette bière et si c’était bien à lui que ce geste généreux s’adressait. Un sourire l’éclaira :

– Jimmy !

L’autre corrigea : Jérémie.

– Ah oui, Jérémie. Quel bon vent ?

Saint Michel

Il y avait très clairement deux ailes dans le ciel. Deux taches turquoise dans le ciel déjà foncé du soir et qui avaient la forme qu'on donne à la paire d'ailes au dos des anges.

Je trouvais ça joli, mais Ludmila, avec moi sur le balcon, y voyait un signe. Un message céleste. J'ai tendance à lui en vouloir, quand elle dérape de la sorte. Elle m'énerve. Elle m'irrite même d'autant plus qu'elle trouve toujours, savante comme elle est, des arguments. Là, par exemple, c'était les ailes de saint Michel, lequel s'est souvent montré lors des épidémies du temps passé. Par exemple, tu sais, la peste à Rome, au sixième siècle.

Non, je ne savais pas.

Eh bien, à Rome, au sixième siècle, le siècle du pape Grégoire le Grand, quand la peste ravageait le pays, et que les soigneurs impuissants avaient épuisé leurs derniers efforts, un ange, Michel en l'occurrence, avait été vu dans le ciel, plus ou moins au-dessus du mausolée d'Hadrien, cet énorme monument rond qu'on appelle maintenant le château Saint-Ange. Bref, l'ange vu là-haut rengainait son épée, comme un soldat fourbu quand le combat est terminé. Il avait enfin vaincu l'épidémie. Ce fut en effet le début de la fin de la peste et les gens, les Romains, firent sculpter un ange de pierre qu'ils ont placé là-haut, très haut, en souvenir de l'aide de l'ange et pour qu'on le voie comme on l'avait vu, se découpant sur le ciel. En silhouette.

Nous, on était toujours sur le balcon. Moi, les yeux sur les deux taches claires. Elle, s'agitant, comme d'habitude quand elle parle. Elle a un caractère très animé.

Alors, tout ça elle le savait parce que, quand cet ange de pierre fut tout bouffé (son mot), elle voulait dire érodé, par les vents, pluies et autres météores (son mot aussi), il fallut le remplacer. Et c'est à Verschaffelt que les Romains commandèrent un nouvel ange, celui qu'on voit aujourd'hui encore au sommet du château Saint-Ange, star des photographies touristiques, grand, élancé, souple, rengainant une immense épée transversale après le combat livré pour vaincre l'épidémie.

Elle avait fait sa thèse sur Verschaffelt, sculpteur, gantois comme elle. À peu près tout, à un moment ou à un autre, nous ramenait à lui. Du moins, son discours achevé, elle se tut un peu. Je visais dans son décolleté sa jolie poitrine, là aussi une double forme symétrique. Les astres du septième ciel. Et on s'embrassa enfin, et on se pelota sur le balcon, tout heureux, tandis que la mobilité inarrêtable des cieux dissipait le hasard heureux de la double forme claire dans le ciel, en forme d'ailes.

La femme de Jehan

Il montait en bateau, le bateau chavirait. On le repêchait et le bateau de secours crevait un boudin. On ne pense pas encore à l'accuser. On se douche, on se sèche, on se rhabille, la chaudière en panne ; on mange un bout mais la hotte se met à refouler et la salle empeste. Toutes les autos du groupe avaient une prune pour stationnement illégal et l'une d'entre elles perdit une roue sur la route du retour vers Bruxelles. On le dépose devant son immeuble, parce que – en plus – il ne conduit pas. On l'appelle le lendemain par gentillesse et on apprend qu'il y avait une panne de courant dans son quartier, pas d'ascenseur, pas de lumière. Qu'il s'était endormi sans moucher les bougies, que l'appartement était parti en torche.

Les pompiers ont limité les dégâts, mais l'échelle a brisé le toit vitré de la maison d'en face, où habite un célèbre musicien. Il a plu. Le violon du célèbre musicien a pris deux centimètres d'eau à la façon d'un pluviomètre. C'était un Amati du dix-huitième siècle et le journal en a parlé le lendemain.

Nous avions décidé de rompre toute relation avec cet ami qui portait malheur et qui n'était d'ailleurs qu'un ami d'ami.

Il vint, subrepticement. Pour s'excuser de la journée du bateau coulé, persuadé que c'était lui qui portait la poisse. Catastrophé, même. On s'assit autour de la table et il cassa une chaise. Il renversa son verre, éclata en sanglots et voulut repartir aussitôt. Il tremblait. Il faisait froid, il pleuvait. Jehan, trop gentil, insista pour le reconduire. Jehan n'est pas revenu, on l'a enterré hier. Quant à moi, veuve, je médite une forme de vengeance.

Berthe et Lou

Le type est interprète à l'ambassade de Chine, à Saint-Pétersbourg. Interprète de quatrième rang.

Il tombe amoureux d'une prof de langues, qui enseigne le français dans les salons à dorures des bonnes familles. Elle s'appelle Berthe. On est en 1899. Il veut se marier.

À l'ambassade on lui dit que, tant que personne ne voit sa Belge, son Européenne, sa blanche, et qu'il ne prononce jamais son nom, ça peut aller. Berthe est pour le mariage aussi, ses parents étant contre. Un interprète de quatrième rang ! Et chinois ! Les Chinois étaient fort dérisoires, à cette époque.

Reste à trouver une église catholique comme Berthe, à Pétersbourg.

C'est fait. Mariés.

– Je ne t'accompagnerai donc jamais nulle part ?

– Jamais. Jamais en public.

– Je t'aime, Lou.

– Je t'aime, Berthe.

Parce qu'il s'appelle Lou. Ou Lu.

L'ambassadeur de Chine lui-même n'est pas un mauvais bougre et Lou le vénère comme un maître. Il s'appelle Shu. Shu a beaucoup voyagé, connaît bien l'Europe. Il veut la résurrection de la Chine, une Chine forte et heureuse comme l'Europe. Il a dit à

Lou: Perce le secret de l'Europe, intériorise le secret de la force de l'Europe, pour le donner à la Chine.

– Alors vous ne désapprouvez pas mon mariage, Maître?

– Au contraire. Perce le secret, à l'intérieur du secret, à l'intérieur du secret.

Alors Shu, quelques mois plus tard, fut rappelé à Pékin parce qu'il désavouait la dynastie impériale tyrannique et agonisante, et eut la tête tranchée sur la place du Marché, le 29 juillet 1900. Son esprit se maintenait dans le cœur de Lou et dans sa mémoire. Berthe aussi aimait Shu. Shu n'était plus. Lou se coupa la tresse, la natte. Signe de rébellion. Ça pouvait lui coûter la tête aussi.

Mais sa tête ne tomba pas. Ce fut la dynastie millénaire et agonisante qui tomba. Toutes les hiérarchies s'effondrèrent, laissant un grand vide, en haut, qui aspira Lou et d'autres jusqu'à ces fonctions qu'ils n'avait jamais envisagées. Berthe fut l'épouse d'un ambassadeur de premier rang, du ministre des Affaires Étrangères, du Premier ministre carrément, puis à nouveau du ministre des Affaires Étrangères. Celui-là même qui entraîna la Chine dans le camp des alliés en 1914; celui-là même qui dut résister face au Japon. Humiliation sur humiliation. Lou l'a dit. Être chinois et être responsable chinois, c'était compter pour moins que rien et essuyer les affronts, l'arrogance et l'invasion sans cesse.

Lou portait des lunettes rondes, comme un grand iris. Derrière, ses petits yeux bridés brillaient comme une pupille de chat.

Les Allemands perdirent la guerre en 18 et durent abandonner la Grande-Montagne-de-l'Est qu'ils possédaient en Chine, et où vivaient trente-deux millions de Chinois. Abandonner les mines, les trains et leur brasserie de Tsing Tao. Les Japonais, plus forts, ont dit : ce sera pour nous. Paris, Londres et Washington semblaient d'accord. Pékin envoya Lou à la Conférence de la paix à Paris, pour empêcher que soit commise cette injustice. L'histoire ne dit pas si Berthe l'accompagna, mais c'est probable. Très probable. La conférence de la paix se tenait à Paris. Les délégués chinois logeaient au Lutetia – rive gauche.

Berthe en Europe, retrouvailles. Églises catholiques, automobiles, boutiques.

Des milliers d'étrangers peuplaient la rive droite, pour négocier la paix. L'hôtel Crillon, rempli d'Américains. L'hôtel Bristol, pris par les Japonais. La Grande-Bretagne, au Majestic. Les Belges au Lotti, rue de Castiglione, aujourd'hui hôtel Costes. Une ligne téléphonique directe reliait le Bristol au Crillon. Le président américain Wilson logeait dans le palais d'un écrivain fortuné, dans le seizième arrondissement, place des États-Unis. Clemenceau allait en Rolls-Royce et se faisait tirer dessus par un pauvre ouvrier communiste nommé Milou. Lou plaidait la cause de la Chine et la restitution des colonies allemandes. Devant Lloyd George, Wilson l'ami des peuples et Clemenceau. Mais les Chinois le savent, ils seront humiliés. La Montagne-de-l'Est, ses trente-deux millions de citoyens, les mines d'or et les forêts, les chemins de fer, les câbles sous-marins et les infrastructures industrielles allemandes iront aux Japonais. Ah qu'elle est belle, votre justice, Paris. Et qu'elle est forte, l'Europe, de décider de tout.

Shu dans l'esprit de son disciple lui dit : Vois, prends le secret de cette force, intègre-le.

– Que je l'intègre ?

– Intègre-le. Car c'est ainsi qu'il entrera en Chine.

Alors Lou en silence, chef des délégués chinois, ministre des Affaires Étrangères, refuse de signer, dans la galerie des glaces ce jour-là, fin juin 19, le faux traité de paix.

Grand bien vous fasse.

Lou reprend la main de Berthe et rentre en Chine.

– J'aurais voulu beaucoup d'enfants de toi.

Le ciel n'en donna pas.

– Acceptons-le, mon Lou. Regarde autour de toi, plutôt ; nous arrivons en Chine, et cette foule est là pour t'acclamer.

– De n'avoir pas signé ?

– De n'avoir pas signé.

– Tu tousses, Berthe.

– Ne t'en fais pas.

Berthe Tseng-Tsiang toussa encore quatre ans et puis mourut. Pour la soigner, Lou l'avait emmenée en Suisse, à Locarno. Dans l'atmosphère du lac Majeur, qui un matin prit la couleur d'un grand linceul.

Lou était seul. Il n'était plus Premier ministre. Il n'était plus ambassadeur. Berthe était morte. Il n'avait pas d'enfant. Et Lou pleura.

Ôta ses lunettes rondes, sécha ses petits yeux.

Il visita le lieu où sa femme était née. C'était à Gand. Il avait Berthe dans le cœur et Shu dans le cerveau. La mort dans l'âme. Il vit la Flandre autour de Gand. Et tous les arbres abattus par la guerre. Et les nouveaux tendrons plantés juste à côté. Et il voulut ne plus jamais bouger.

Il se fit moine.

Le premier moine chinois d'une abbaye flamande qui avait 900 ans.

Monsieur le Premier ministre ? Lou ? Pierre-Célestin Tseng-Tsiang.

– Une lettre pour vous, frère moine.

– De qui ?

– Du roi.

Je prends la force de l'Europe et je la mêle en moi avec la Chine. Shu. Berthe.

Braguette

Devait-elle ou ne devait-elle pas, la serveuse, dire à ce client qu'il avait la braguette ouverte ?

Dilemme, alors elle hésite, maladroite, fait demi-tour avec son plateau, se cogne à la porte et le renverse. Bris de deux verres au sol et d'une carafe.

– Attention, vous blessez pas…

Quelqu'un, c'est gentil, est venu aider. C'est le client en question. Et qui s'accroupit à présent. On voit très bien le motif fantaisie ananas sur son slip gris. Mais il est si poli, il a ramassé les gros morceaux. Et elle, la serveuse, c'est nerveux, sourit, plisse les yeux puis en se relevant pouffe. Le client ne comprend rien, béat, fort sympathique, puis retourne à sa place, à la terrasse, et croise les jambes. C'est quoi encore, qu'il a commandé ?

L'image du roi Baudouin

Il gratte des billets de loterie sous la table, discrètement, comme s'il craignait qu'on le voie. À moins qu'il craigne lui-même de voir la nullité du résultat. Le serveur lui apporte un deuxième café. On sait que c'est le deuxième, parce que le serveur a dit :

– Et voilà son jumeau !

Philippe empile méticuleusement les billets de loterie. Une dizaine, dont pas un ne dépasse. Un autre, seul, est glissé dans son portefeuille. Un gagnant, on suppose. (Et nous parlons là du billet, non de Philippe.)

Philippe est chauve, grisonnant pour ce qui reste, on lui donne soixante ans, à la retraite anticipée. Ce qui est assez faux, puisqu'il en a cinquante à peine et qu'il vit plutôt grassement du revenu de trois immeubles divisés en appartement et loués à des gens qu'il inspecte avec scrupule et méfiance. À bien le regarder, on s'aperçoit d'un signe de relative richesse : des mocassins Sebago flambant neufs, mal visibles dans la pénombre sous la table. Le jean en revanche est quelconque et le polo au col affaissé n'a pas été changé de la semaine. On est vendredi matin. Il fait beau sur Bruxelles. On se trouve dans la rue Vanderkindere, à la frontière des communes d'Uccle et de Forest, en face d'une pharmacie et d'une boutique Zeeman, à côté d'un fromager à la mode, d'un côté, et d'un opticien, de l'autre. Philippe est assis sous les chopes de faïence qui décorent, à la file, les poutres du plafond, et le double portrait en noir et blanc, grand format, de l'élégant roi Baudouin de Belgique et de son épouse Fabiola d'Aragon.

– Quelle classe on avait, à l'époque!

Philippe se lève. Il a laissé sur la table son écot. Il franchit la porte, s'arrête un instant dans l'encadrement de la porte, ébloui par la grande lumière.

Monsieur Schmitt

Entre les pavés, sur la place du vieux marché, j'ai trouvé une pièce de monnaie. Elle était fausse. Forcément, je l'ignorais, et la serveuse – était-ce la patronne ? – du *Mouton bleu*, au coin de la place, me l'a refusée avec dédain.

Le dédain s'est mué en suspicion, puis en colère – pour une pièce de deux euros, enfin, un ersatz – et elle parlait d'appeler la police.

Un flic hors service, un habitué, derrière son verre de bière, a fini par intervenir, tout sourire, a fait l'effort de se lever, a manipulé la pièce, a expliqué à la serveuse que ce n'était pas assez pour faire guillotiner. Je l'ai invité à ma table, il a pris une bière pour moi et c'est ainsi que j'ai connu Jean-Philippe Schmitt, policier, soixante-deux ans, chauve, timide et souriant.

Les naines

Je croyais que c'était interdit depuis longtemps. Pour des raisons humanitaires. Mais apparemment, non, et sur la place Dailly, entre deux stands de pêche aux canards et de tir aux pipes, il y avait un montreur. De monstres, s'entend. Ça s'appelait Monster show. Des étoiles lumineuses autour de l'enseigne. Mon gamin me cassait les pieds pour y aller. Je n'ai pas d'autorité, du moins pas sur lui. J'ai acheté deux billets. Tout en demandant à mon fils de se préparer à être déçu. Puisque c'était interdit depuis longtemps, d'après moi, de montrer de vrais siamois, des hermaphrodites et autres femmes à barbe comme des bêtes rares. Il me disait, du haut de ses huit ans :

– Ce seront peut-être des hologrammes virtuels ?

Bah oui. Peut-être.

À l'intérieur, on nous a montré deux naines. J'étais choqué. En même temps qu'il y avait tout de même quelque chose de fascinant et de très étrange. Les naines étaient comme des naines naines. Des nanonaines. Debout, elles passaient large sous une table dont le montreur affirmait qu'elle mesurait cinquante centimètres. On se trouvait assez près pour le constater. Je cherchais le trucage, je scrutais le dessus, le devant, le derrière, tout éventuel dispositif optique d'illusion. L'idée de l'hologramme de mon fils n'était pas à écarter. Un type à côté de moi avec la main couverte d'un tatouage regardait ça en se marrant. Il mangeait des beignets la bouche ouverte, avec un bruit de salive exaspérant. Je n'aime pas les tatouages. Je devais balayer du sucre tombé sur mon genou. Les naines faisaient des allers-retours sous la table basse. Mon fils me demanda si c'étaient des vraies. On était plongés dans l'obscurité et la lumière clignotait. Pas des flashes, tout de même pas, mais presque. J'avais du mal. Avec le va-et-vient de la lumière, chaque fois, la silhouette des naines, c'était une apparition. Le maquillage agrandissait leurs yeux à la taille quasiment de toute la joue. Mon fils suggéra que c'étaient des extraterrestres. Elles avaient une démarche très mécanique. Plus encore à cause de l'éclairage intermittent. Des mouvements saccadés comme dans les films muets. Le sauvage à côté de moi n'avait qu'une expression à son répertoire pour exprimer l'étonnement. Il répétait : « Putain, laisse tomber, quoi. Laisse tomber. »

Son autre constante, c'était la bouche ouverte. Je lui dis, en montrant les naines :

– On ne va quand même pas gober ça.

Lui :

– Laisse tomber, putain, laisse tomber…

Et à mon fils je dis que c'étaient probablement des robots.

Alors mon voisin a crié : « Eh ! Petite ! » Et il a tendu son cornet de beignets aux naines. L'une est sortie de son aller-retour cérémonieux et systématique, a bondi, a plongé sa main (plutôt grande, en rapport avec la brièveté extrême de son bras) dans le cornet de papier gras et en a sorti un croustillon, qu'elle a aussitôt englouti. L'éclairage saccadé imprima sur ma rétine l'image de sa bouche ouverte et de ses deux séries de petites dents pointues. Mon fils observa que les robots, en principe, ne mangeaient pas. Je soupçonnai mon voisin de faire partie du show. Je l'interrogeai à ce sujet. Sa réponse, évidemment :

– Laisse tomber, putain, les naines, laisse tomber !

C'était peut-être plutôt lui, le robot.

Puis on est sortis.

Mon fils a demandé :

– C'est tout ?

Marina

Sa base, c'était le New London. Avenue de la Brabançonne, en face du café des Artistes. C'était triste. Carrelage noir, banquettes noires, billard bleu nuit, kicker noir. Une télé noire. Et le bar rouge, en faux cuir. Plus des bandes LED du même rouge. Le décor pour une pute. Donc, forcément, les gens devaient avoir cette opinion d'elle. Même si c'était tout le contraire. Et elle s'habillait moulant. Et elle aimait le rouge à lèvres flashy. Sous l'étagère des bouteilles d'alcool, la bande LED était verte. Ça faisait feu vert, invitation à passer, passez-moi dessus. Du coup, ce côté triste.

Surtout que c'était comme ça dès le matin, dès 7 heures, dès l'ouverture. Moi, je me lève à 7 heures ; à 7 heures 20, 25, je suis à la porte, j'entre, elle me voit, elle sait d'avance qu'il faut me préparer un café et une couque au chocolat. Je dis encore couque, malgré la mode française de dire pain. Je m'assieds. J'ai une heure avant le début du boulot. Et je papote avec la population.

Marina, la serveuse. Origine bulgare. Union européenne. Sous les bouteilles d'alcool de l'étagère, elle a calé des billets de banque d'origine exotique. Un genre de début de collection. Il y en a huit, jusqu'à présent. Dont un *One dollar.* Qui lui a été donné par René. Je le sais, j'étais là.

Fait divers

Ma coiffeuse est morte. Elle avait un paquet de clients et nombreux sont ceux aujourd'hui qui peuvent dire comme moi : Ma coiffeuse est morte.

D'une façon peu commune : la maison s'est effondrée sur elle. Un peu après 19 h 30, après sa dernière coupe, tandis qu'elle rangeait et peut-être s'apprêtait à sortir dîner en ville avec quelqu'un, le plafond s'est ouvert et l'étage du dessus lui est tombé dessus. Je l'ai appris par le journal. Une photo des décombres et une photo d'elle – en vie, mais moins jolie qu'au naturel – illustraient l'article, qui pointait un problème de vieillissement dans un type de béton très largement utilisé dans les constructions des années 60 et 70.

J'occupe le sixième étage d'un immeuble en béton édifié en 1969.

Je suis allé voir sur place, avec un bouquet et de la ficelle pour l'accrocher quelque part. Je n'étais pas le premier à avoir eu cette idée et beaucoup de clients devaient avoir de l'amitié pour elle. Je la connaissais peu. Mais peu, c'est déjà beaucoup.

Elle s'appelait Julie, comme son salon de coiffure.

C'était une instable, une malchanceuse, une passionnée, comment dit-on ça ? Elle s'était mariée trois fois en dix ans.

Deux fois avec un homme, une fois avec une femme. Le premier, elle l'avait connu je ne sais où ; les deux autres étaient des clients. Elle coiffait unisexe.

À force, tous les clients se disaient qu'ils avaient une chance.

Elle avait les cheveux marron, très fins, mi-longs. Et au bas mot dix paires de lunettes.

C'est cela qu'une maison a enseveli.

J'y suis retourné, le lendemain. La quantité de fleurs avait doublé. Étonnante, l'affection qui se manifestait.

Elle laissait deux veufs, une veuve, et pas d'orphelins.

Julie avait été l'unique victime de l'accident. À l'étage vivait une famille, absente, qui n'avait subi de pertes que matérielles. Le deuxième et le troisième étage, bizarrement, étaient intacts. Un badaud, sur le trottoir, m'informa qu'ils allaient tout de même évacuer l'immeuble entier.

Les enfants Picard

Ce n'était plus le dimanche de Pâques et ils ont dû renfiler leur beau costume de ce jour-là. Costume de Pâques, soie sauvage grise ou bien plutôt un velours très feutré, profond et varié comme une toison de chat. Des souliers noirs vernis avec un ruban encore plus noir noué en cocarde. Des bas gris foncé jusqu'aux genoux, où ils sont pris par la culotte dudit velours feutré à reflets quasiment de soie sauvage. Les deux petits s'appellent Robert et William. Leur blouse, taillée dans le même drap luxueux que les culottes, a deux larges rangs de boutons, une poche à la poitrine où l'un des deux seulement exhibe un bout de mouchoir blanc. Un grand col blanc amidonné va du cou jusqu'aux épaules, évoquant les chemises hollandaises du siècle d'or et cachant un peu le foulard rouge énorme, noué en moustache sous la gorge, presque un hommage involontaire aux mineurs.

Leur papa n'est pas là. On sait par les historiens et la correspondance que les deux enfants ont été conduits à la demande du père dans l'atelier des frères Oyens, peintres hollandais installés à Bruxelles, rue Traversière, et assez heureux au pinceau. Les deux frères étaient jumeaux et peignaient semblablement. C'est l'un des deux toutefois qui appose ici sa signature rouge: David Oyens, 1879. Un petit chien noir, poitrail à peine blanc, touche rouge pour faire la langue et point blanc pour faire l'œil – mieux: le regard, car Oyens est un vrai peintre qui ne peint pas des yeux mais des regards et qui serait capable, comme d'autres qu'il admire, de faire le portrait d'un aveugle sans autre signe de cécité qu'une absence de regard dans l'œil ouvert et apparemment normal.

– Et l'on reconnaîtrait pourtant que c'est un aveugle !

Il s'enthousiasme volontiers, Oyens, et les deux gamins en profitent pour quitter la pose. Ce sont des gosses de riche, ils sont insolents, et le plus grand des deux, qu'on a assis et à qui on a donné un violon pour qu'il occupe ses mains, se moque de l'instrument. Il n'a pas de cordes, ton violon, hein, dis donc, tu vas mendier comment ? Rien de méchant, mais dans le ton et l'air un je-ne-sais-quoi de supérieur et d'aristocratique qui vous méprise, sans méchanceté, et qui vous tue, sans mauvaise intention. Peintre, ça sent pas bon dans ton atelier. Tu l'as tuée quand, ta grand-mère ? dit-il en montrant le tapis en peau de chèvre, dont un morceau d'ailleurs sera visible sur le tableau. Alors là, l'éclat de rire des deux gamins, Robert et William, parce que la blague de la grand-mère qui devient un tapis de poil, ça vient de leur papa, qui s'est permis de la faire un jour chez des gens qui se croyaient importants, et qui a raconté la scène le lendemain au repas de midi en s'étranglant de rire tant elle avait fait mouche. Et Maman désapprouvait pour mieux rire.

N'empêche que le peintre est vexé. Le piano – d'accord, un vrai chaudron – qui paraîtra aussi un peu sur le bord du tableau, pour donner une résonance musicale et artiste au double portrait des enfants du mécène, le piano sera peint avec un luxe d'amélioration, pour que la postérité ne croie pas que les Oyens avaient si pauvrement garni et mal meublé leur atelier bruxellois. Oh, et puis zut, les gamins, vous pouvez filer, rentrer chez vous, j'ai l'expression de vos visages et la disposition des figures, je peux finir ça en paix.

– On peut voir ? On peut voir ?

Ah tiens, formidable, j'ai quelque chose à leur refuser. Ça les changera.

– Non, non, hors de question. Filez, vous verrez quand ce sera fini, livré, payé et si votre père veut bien ! Dehors ! Eh, Robert, mon violon !

– Robert c'est lui. Moi, c'est William.

Le rayon bleu

Sous l'Atomium, sur le goudron mouillé, ceci, que je suis seul à voir : un passant, son pantalon marron, ses lunettes de soleil sous la pluie, son parapluie replié à la main, ses grandes enjambées, son chapeau classique, sa moustache d'un autre âge. Et puis son arrêt brusque, sa main dans le manteau, cet appareil bizarre qu'il en sort, plus grand qu'un téléphone, et qui soudain émet une lumière, un puissant rayon bleu qui le connecte au ciel, fugace comme l'éclair et déjà disparu.

L'appareil remis en poche, le pantalon marron qui se remet en mouvement, les pas qui s'éloignent, la moustache qui remue parce que l'homme a reniflé, sous la pluie. Il ne fait pas beau du tout. Le chapeau, le manteau, l'homme, continuent, diminuent, disparaissent, en ne laissant de leur passage qu'un mystère, entre l'Atomium et le goudron mouillé.

L'accouchée d'Anvers

Chateaubriand dit que sa femme est à Anvers en mai 1815. Elle profite de leur exil forcé en Flandre pour voir Ostende, Bruges. À présent Anvers – qui techniquement n'est pas en Flandre, mais en Brabant, le marquisat d'Anvers ayant toujours appartenu à ce duché, tandis que la Flandre en face, de l'autre côté de l'Escaut, rivale souvent battue, formait un autre comté.

À Anvers, ce mois de mai 1815, madame de Chateaubriand, dans l'auberge où elle dormait, fut réveillée par les cris, puis les râles, d'une jeune Anglaise qui accouchait. Puis par les gémissements et les râles de la même, qui mourait en couches. Et ce fut une des choses qu'elle rapporta à son mari de son voyage, qu'il s'empressa de ne pas oublier, et qu'il consigna plus tard dans ses mémoires, à notre usage.

Charles Niellon

Pluviôse, an III. Monsieur Niellon a un fils. Il l'appelle Charles. On le baptise dans une petite église à lourds moellons, non loin de Strasbourg. Il sera quoi, lui, plus tard ? Ce général mercenaire qui mena les troupes révolutionnaires belges en 1830. Nous étonnerions beaucoup les parents si, fantôme, nous nous glissions parmi eux, posions une main transparente sur la pierre bleue des fonts, et chuchotions, invisible, à l'oreille du père : « Ton fils sera général et il fondera un nouveau pays en Europe. »

Là, le père se frotterait l'oreille énergiquement, comme si une guêpe avait tenté d'entrer dans son conduit, et sa femme lui aurait secrètement reproché ce geste trop paysan et vulgaire, qui dénonçait leur piètre éducation devant la baronne de H. et son mari venus assister au sacrement en voisins aimables et condescendants.

Mais le père dirait tout de même à sa femme, en sortant : j'ai entendu un oracle. Ou bien il le dirait au curé. Ou bien aux deux. Mais tous deux certainement dédaigneraient, chacun à son tour et à sa manière, la confidence prophétique du papa. Le père resterait seul avec ce secret difficile à assimiler et finirait certainement, dans la lourde routine du travail, par l'oublier.

Quelque chose pourtant étreindrait sans mot ce cœur de père, quand il verrait le fils, son petit Charlot, à cinq ans, lâcher son jeu et demeurer rêveur, bras ballants, debout, haut comme trois pommes, au passage d'un régiment de hussards, qui avait coupé par le chemin de derrière pour rejoindre la route de Colmar. Le petit, bouche bée, mettrait du temps à sortir de son ravissement. La mère insensible aurait dit : regardez-le bayer aux corneilles, un feignant comme son père. Et le père dans l'humble silence résigné aurait senti en lui l'écho trouble de la vieille annonce dans son oreille chuchotée, sous la voûte du prieuré, quand nul n'avait voulu croire qu'un miracle se penchait sur le petit enfant.

Aussi quand, à quatorze ans, l'adolescent demande l'autorisation de suivre le grand Jacques de la ferme voisine, qui rejoint les armées, Charles voit-il dans les yeux de son père une buée toute nouvelle. La main calleuse prend la joue encore glabre du fils, tendre et charnue, et, avant que la mère ne parle, le père a le temps de glisser : « Je le savais bien, mon fils, que tu partirais. » C'était déjà beaucoup pour cet homme de peu de mots. La mère a crié – ou plutôt l'aveugle voix des siècles a dit à travers elle — : « Une bouche de moins à nourrir, il était bien temps. » La porte s'est ouverte, le ciel aussi, les épis d'épeautre se sont penchés devant la liberté du fils quittant la maison paternelle, à quatorze ans, simplement, sans questions, pour toujours. Le père a fait signe et Charles ne s'est pas retourné, ne l'a pas vu. Le père l'a confié à la providence divine et s'est penché sur son outil. Alors Charles s'est retourné, a fait signe à la maison et au père là-bas penché sur son outil, et qui ne lève pas les yeux.

Palinopathie

Je suis affecté d'un syndrome au nom barbare et qui consiste à se retourner sans cesse pour vérifier qu'on n'a rien oublié, qu'on ne vient pas de faire tomber quelque chose de sa poche ou que quelqu'un n'est pas en train de nous appeler. L'acuité du mal varie : la joie l'amoindrit, la fatigue l'augmente. Les matins gris, c'est le pire.

Or, c'est un matin gris. Entre la sortie de la rame de métro et le trottoir en surface, je me suis retourné quatre fois, malgré tous les efforts pour ne pas le faire. Quatre fois, c'était la même femme derrière moi, de plus en plus proche parce qu'elle était plus rapide. Anorak mauve, cheveux courts, peut-être trente-cinq ou quarante ans, cheveux clairs, courts, coupe garçonne. Fatalement, elle se sentait visée. Pas la première fois, mais à la seconde, à la troisième, à la quatrième, elle se dit : ce garçon me regarde et n'est pas discret. Ce qui me frappe, entre la troisième et la quatrième fois, alors que nous montons par l'escalier roulant vers la surface et vers le ciel bas, c'est qu'elle s'est mise à chanter. Non pas chantonner, mais chanter assez fort. Plus fort qu'au naturel du chantonneur. C'est à cause de cela que la quatrième fois je me retourne. Je ne me souviens plus de ce qu'elle chantait.

Elle non plus ne se souvient pas.

On s'est mariés un an et demi après. Elle avait trente-neuf ans, j'en avais quarante.

C'était trop tard pour avoir des enfants. Elle voulait adopter, je n'étais ni contre ni pour et on a engagé la procédure. Elle s'est éternisée, on s'est brouillés.

Séparés. Puis divorcés. À l'amiable. Un modèle du genre. C'est ma meilleure amie. On couche ensemble de temps en temps.

Mon syndrome n'a pas du tout disparu. J'ai essayé plusieurs voies, des médicaments psycho-chimiques à l'hypnose en passant par les régimes sous-carbonés. Je continue de me retourner. Avec le vague espoir de rencontrer quelqu'un. Dans le métro, dans le bus, sur le trottoir. Jusqu'à présent sans succès.

– N'est-ce pas, Leslie ?

– Oui oui, c'est ça, Victor.

– Non mais vraiment tu ne te souviens pas de ce que tu chantais sur l'escalier roulant ?

– Non. Peut-être John Lennon ?

– Lennon ? Non.

Moyen Âge

Tour de la Salamandre. Beaumont. Moi, ça me fait plaisir. Comme une promesse tenue. Parce que c'est ça, en somme. Je construis un château, château fort, remparts, tours ; je dis : tout peut tomber en ruine, partir en fumée, mais pas le donjon. Je l'appelle Salamandre, du nom de l'animal que le feu n'atteint pas. Je suis le Seigneur de Beaumont. Je marche fièrement sur les remparts de mon œuvre, et je répète à qui veut l'entendre – c'est-à-dire, je me parle surtout à moi-même – que cette tour traversera le temps et verra la fin du monde, quand tout autour aura changé dix fois, quand tout autour sera tombé dix fois, dix fois aura été relevé. On lui imagine forcément quelque chose de solennel dans la voix, dans le regard, au Seigneur de Beaumont. Et puis bon, neuf cents ans plus tard, la tour est toujours là. Intacte. Alors que rien du reste. Qui a tout disparu. Et la châtellenie de Beaumont n'est plus qu'un bourg fauve, un gros village triste et pauvre. Moyen, surtout. Moyen. Je ne suis pas heureux d'y vivre, mais j'ai par la fenêtre de la chambre où je ne dors pas mais où j'ai mis mon bureau (il y a des bruits de tuyauterie la nuit qui m'empêcheraient de fermer l'œil) une vue imprenable sur la tour de la Salamandre. Sur la fierté ancienne du Seigneur de Beaumont. Sur cette promesse tenue. Ce pari gagné. Le soir, mais pas après minuit pour des raisons d'économie, deux projecteurs minables l'éclairent. Pas la splendeur d'une tour Eiffel, évidemment, plutôt deux faisceaux blanchâtres où, l'été, passent les chauves-souris. Où, parfois, les jeunes s'asseyent avec des bières. Quand le temps le permet. Quand l'odeur de pipi ne dérange pas. Parce que c'est un peu le rendez-vous pour pisser après beuverie, il faut le reconnaître. Tout le monde n'a pas de l'éducation dans un bourg comme Beaumont.

De toute façon, ailleurs, c'est pareil.

Sauf qu'ils n'ont pas l'auguste, la noble tour de la Salamandre. Fidèle, exacte. Et qui, boum, voilà, vient de s'éclairer ! 21 h 30 tout pile. Les deux projecteurs. Et moi, à mon bureau.

Frelons

L'idée de plonger lui inspirait une terreur si grande qu'elle préférait affronter les frelons. Tous avaient sauté dans la piscine, l'eau avait jailli, les filles criaient. Marielle s'était arrêtée net, et se tenait à présent sur le bord, les épaules rentrées, la tête dans les mains, attendant les piqûres qu'on lui avait dites mortelles, ou espérant un miracle.

Les frelons avaient jailli de derrière un arbre ou d'une souche, où Géraldine, la fille des voisins, avait tapé du bout de son bâton, distraitement, sans vouloir. Nathanaël avait donné l'alerte. On avait fait un pas de retrait, deux, trois. Les bras ouverts de Nathanaël faisaient barrière. Et en regardant les bestioles, il les nommait et en expliquait les pouvoirs et les dangers. Il n'y en avait que trois ou quatre. Mais bientôt le groupe se formait. On en voyait dix, vingt. Les frelons tournoyaient sur eux-mêmes et une voix derrière Nathanaël avait décrété : « S'ils nous attaquent, on est morts. »

Pour Nathanaël, la solution, la seule, était de fuir, d'un coup, tous ensemble, et de se jeter dans la piscine. Sous l'eau et dans les éclaboussures, les frelons ne viendraient pas les chercher. Marielle avait peur des frelons, mais la solution prônée par Nathanaël, et que tout le monde semblait tacitement approuver, l'effrayait plus encore.

Comme il avait semblé que le mouvement des frelons s'approchait d'eux, le groupe, au cri de Nathanaël, fit volte-face comme un seul homme et cavala jusqu'au rectangle bleu de la piscine. Dans un grand cri de guerre. De peur et de plaisir. Sauf Marielle, qui avait couru aussi, mais s'était figée avant le saut. Et elle faisait, là, la statue, gamine de treize ans, dans un maillot deux pièces rose tendre à pois blancs. Ses cheveux marron épars sur les épaules.

Pour une raison mystérieuse, une photo avait été prise à cet instant précis. Et pendait, vingt ans après, chez sa mère, dans un pêle-mêle au mur de la cuisine. Parmi d'autres souvenirs de vacances et d'enfance. Et Marielle, debout, une tasse de café à la main, une cigarette dans l'autre, la regardait. Et revivait la scène. Indélébile. Mais passée. Sans gravité.

Personne n'avait été piqué.

Paulet Burniaux

Le gamin s'appelle Paul, alors on l'appelle Paulet. Et la chose à lui raconter n'est pas drôle : c'est la mort de son père. Il avait pourtant survécu longtemps et les balles semblaient l'ignorer.

Le père de Paulet, c'était Louis. Et le frère de Louis, c'était Constant. Constant et Louis servaient comme brancardiers sur le front de l'Yser, cet enfer qui mangeait les vies humaines par paquets de vingt, cinquante ou cent par jour pendant quatre ans. Constant et Louis couraient sur la plaine, penchés en avant, dans la boue et sous les coups derniers des mitrailleuses, qui faisaient clac, clac, clac. Car tout dans la fange de l'Yser rendait un bruit flasque et comme de succion, sauf la sécheresse métallique de la mitrailleuse parfois rouillée, jamais mouillée. Paulet, il faut que tu écoutes.

Parce que le jour où ton père est mort, où il a été tué, ce jour-là justement il m'a parlé de toi et il m'a dit qu'il faudrait te raconter tout ça, notre guerre. Quoi en particulier ? Je ne sais pas. Tout, tout ça. Les arbres sans feuilles, la boue, l'inondation générale, et puis tous les morts pendant tellement de mois, de saisons, d'années, sans désemparer. Oui, Paulet, il n'aura pas été le seul. Il y pensait sûrement, ce jour-là. Pendant la guerre on est peut-être un peu surhumain, on devine l'avenir, on sait des choses. Il m'a dit : tu lui raconteras. Il savait que ce serait moi. Un peu plus tard, je ne pourrais pas te dire quand exactement parce que nous n'avions pas de montre et nous avions perdu la notion du temps exact, du moins était-ce la même journée, ça, c'est sûr, un peu plus tard on répond au coup de sifflet qui nous appelle. Ça veut dire : Brancardiers !

On est partis, comme d'habitude.

Ce n'est pas vrai, ce n'était pas comme d'habitude. On s'est regardés. On a regardé le pays autour de nous. J'ai senti… comme si je venais d'arriver, comme si je découvrais tout ça pour la première fois, que je n'avais jamais vu notre champ de bataille et les arbres morts, comme si je ne savais pas où j'étais ni ce qu'il se passait. L'impression a duré peu de temps. Puis sont arrivés les obus, qui crient hors du tonnerre puis tonnent de nouveau en tombant. C'était comme si j'entendais un obus pour la première fois. Il m'a cassé les oreilles et il m'a rappelé à la réalité. La routine a repris d'un coup. Ton père et moi, on courait de nouveau, inclinés, à chercher dans le mélange de cadavres et de boue grise des gens qui ne soient pas morts et qu'on pouvait charger sur le brancard. Ce n'était pas un métier facile, Paulet, tu sais. Pas facile du tout. Puis ton père s'est tourné vers moi, il voulait me dire quelque chose et il n'a pas eu le temps. Il ne se baissait pas assez, Paulet. Pas assez ! Je le lui ai dit souvent. Pas assez. Et une balle a suffi pour lui, que je n'ai même pas vue. Un trou directement. Du sang qui en coule. Au front. Couché, tombé comme un plomb. Le médecin nous suivait, je lui ai dit de venir, pour me dire si. Et il n'a rien dit, mais il a pris le bras, tâté le pouls, c'est comme ça qu'on fait, même si c'était évident. Louis est mort. C'était ton père, Paulet. C'était mon frère. Voilà. Il faut que tu saches. Et il y a un carton avec des photographies, si tu veux, où on voit le front, le paysage, l'inondation, les canaux gelés, les bicyclettes, les canons et les sacs de sable, tout ça. Il y avait des bons souvenirs, aussi.

Évidemment, Constant est seul quand il dit tout ça. Et même seul, c'est difficile à faire sortir. Alors tout seul mais à haute voix tout de même il continue :

Tu vois, Paulet, c'est trop difficile de te raconter ça. Alors, je vais l'écrire, Paulet. Et surtout il faut que tu lises et que tu n'oublies pas, Paulet. Compris ? Compris mon petit Paulet, mon Paulet chéri ?

Boiteuse

La fille faisait preuve de pas mal de courage. À mon avis. Gros accident de ski, à seize ans, pleine adolescence, cinq ans dans un fauteuil roulant, échec scolaire subit et durable. À vingt et un ans, sans diplôme, du moins elle sort de son fauteuil roulant. Prothèse américaine. Elle marche. Elle boite. À vingt-cinq ans, elle met officiellement fin à sept années de dépression nerveuse. Saute en parachute. Comme un symbole. Entre comme stagiaire dans une boîte de production télé et cinéma, grâce au piston d'un oncle. Un an plus tard, elle est engagée. Trois ans après, elle est productrice exécutive du film que je tourne. Je la trouve sympa. Jolie. Courageuse, je le répète. J'ai 50 ans. Pas un âge où le boitillement d'une jeune femme impressionne ou dérange. Je lui laisse un énorme bouquet de roses blanches dans sa chambre d'hôtel. Je l'épouse. Je l'aime. Je crois qu'elle m'aime aussi. J'espère. Je suis en route pour la pharmacie, acheter un test de grossesse, comme un jeune homme.

Dévaler

– Prêt ?

Il suffisait d'enfourcher le vélo, de n'avoir pas peur et de se laisser dévaler la pente.

« On s'arrête au garage Peugeot », avait dit la fille, qui avait l'habitude. Le garçon, néophyte, ne pouvait pourtant pas ne pas oser.

– Prêt ! avait-il répondu. Prêt.

Voyait-elle qu'il avait peur ?

Il serrait les freins nerveusement. Il la vit s'élancer, et fit comme elle.

Plus lourd, il aurait dû la rattraper. Mais elle parvenait à ne pas freiner où lui s'y croyait obligé, elle coupait les virages, les prenait tous à la corde, à l'aveugle et, toute légère qu'elle fût, Patrick la perdit rapidement de vue. Il ne l'entendait même plus. Seuls les grincements stridents de ses freins à lui criaient encore dans les virages. Elle était folle. Il était tendu, croyait passer par-dessus le guidon à chaque coup de frein. Si une voiture était en train de monter la route, il était impossible, sauf miracle, d'éviter l'accident. Soi-disant son jeu d'enfant à elle. Depuis qu'elle était haute comme trois pommes, elle descendait la route jusqu'au garage Peugeot dans la vallée. En suivant ses grands frères. Famille de casse-cou, oui. Un père médecin, pourtant. Pas très sensible aux questions de risque et de sécurité ! Patrick cherchait des yeux une échappée, un champ providentiel où il pourrait se laisser filer tout droit, tomber sans mal et mettre un terme à cette descente infernale. Lieve était loin. Il la rejoindrait à pied, raconterait sa chute, on rigolerait, il ne passerait pas pour un couard, l'honneur serait sauf, et la vie aussi. Mais il n'y avait pas de trouée. Pas de champ. Que les murets, et des maisons de temps en temps. Le virage de la boîte à lettres approchait, où ils étaient descendus la veille, à pied, jeter les cartes postales et où Lieve avait raconté ses descentes endiablées avec ses frères. Et où elle avait défié Patrick de la refaire ensemble, cette descente. Après ce virage commençait une ligne droite, moins raide, longue, jusqu'à l'arrière du garage Peugeot, où il valait mieux réussir à s'arrêter. Après, c'était la route nationale et les camions.

Patrick prit le virage de la boîte à lettres, freina un bon coup dans la descente puis, rassuré, incrédule presque, se laissa rouler jusqu'au parking du garage, où Lieve l'attendait, rouge comme un phare ou comme une tête d'allumette, encore essoufflée, hilare, faisant balancer de droite et de gauche le vélo entre ses jambes. Il tenta un dérapage final, qui ne réussit pas. Elle avait ses longs cheveux clairs tout ébouriffés. Elle faisait :

– Alors ?

Et lui, se prenant la tête dans les mains, haletant, voulait dire : « Pas deux fois ! » Mais s'entendait crier :

– Incroyable !

Accident

Pattes du piano « en coup de fouet ». C'était la seule chose qu'il avait retenue, Thomas, dans le descriptif de l'instrument. Le vendeur parlait si vite et par cœur. Et il avait des gestes que son regard n'accompagnait pas, comme les présentateurs de la météo. Ce qui supérieurement l'agaçait, bien entendu, c'était de ne pas comprendre toutes ces subtilités que sa femme en revanche saisissait, redemandait, buvait littéralement aux lèvres du vendeur. Où sinuait une moustache.

Sur la vitrine – il était 18 heures – les reflets de l'intérieur et la vue de l'extérieur se mélangeaient. Et organisaient d'étranges accidents entre un bus et un piano à queue, dont tout le monde sortait indemne.

– Écoute, Bébé…

Thomas appelait sa femme Bébé, en dépit du ridicule. C'était elle qui aimait ça.

– Écoute, Bébé, il est six heures, on ne va pas empêcher ces gens de fermer le magasin. On repassera.

Mais la boutique était ouverte jusqu'à 19 heures, lui précisait-on, il n'y avait pas de problème.

Alors tant pis.

Vélo

Accident de vélo vraiment miraculeux. Elle, avec sa tête ronde et ses petits cheveux noirs, déboulant toute légère sur sa bicyclette, montant le talus sans le vouloir et peut-être pour se freiner, puis dévalant de l'autre côté, toujours en selle et en équilibre, pensant même s'arrêter sans mal près de la rivière puis soudain perdant le contrôle, lâchant le guidon et passant par-dessus, sans bruit, sans autre cri qu'une brève surprise. Timide jusque dans la chute, ou réservée. Charmante. J'étais près de la rivière, moi, ayant tout vu et néanmoins surpris, aussitôt heureux, comme par pressentiment. Les moments se décomposent ; le temps est un puzzle. Je me souviens de ses lunettes, grandes, rondes, comme les roues de son vélo. Et sur son visage rond ! Elle s'appelait Géraldine. On a jeté des cailloux dans la rivière, après, distraitement, en bavardant.

Miraculeuse, sa chute, parce qu'elle n'avait eu mal nulle part, en dépit de la vitesse du roulé-boulé et sans aucun rapport avec les déchirures et la lacération complète de sa robe dans les ronces et les branches basses du noisetier. Pas une goutte de sang. À peine une vague douleur à l'épaule et une égratignure sur la pommette, sous l'œil gauche. On avait cherché ses lunettes dans les fourrés. Je les avais trouvées. Deux cercles dorés, une branche arrachée. Géraldine, les genoux intacts, enserrés dans ses bras. La robe autour comme un plumage. Ses regards sur les ronds que faisaient les cailloux.

Diabolique

Elle faisait une croix du bout du doigt dans la mousse de lait. Je ne sais pas pourquoi, ça m'énervait. On boit son cappuccino sans faire de chichis, et puis on ne touche pas la nourriture. Je ne sais pas, moi. Ces fioritures, ça me crispe. Ils ont l'air d'avoir du temps à perdre. Des dessins dans la mousse de lait, du maquillage sur les paupières, les sourcils épilés. Les sourcils épilés ! Un à un, j'imagine, à la pince. Non, mais à quoi bon ! Et puis remplacés par une horrible ligne de crayon noir, charbon gras, artificiel. Et la bouche, alors, charnue. Deux steaks peinturlurés en rouge. Bouche qui s'ouvre, qui se ferme, avec un contentement visible. Qui suce la cuiller, qui joue avec elle comme le chat avec la souris, la lèche, la lâche, la resuce, la relâche, la prend de plus belle. Du coup, les mains. Rondelettes, pleines de santé, et inutiles ! Elles ne font rien, ces mains ! L'une maquille l'autre et l'autre maquille l'une. La vanité au service de l'oisiveté, et vice versa. Quelle couche de vernis ! Rouge, comme sur les lèvres. Quels ongles ! De longues amandes. Qui font un peu peur. Semblent des armes. Ou un décor. Et maintenant, le pire : comme il y avait un reste de mousse de lait à la commissure de ses lèvres, elle l'a récupéré du bout verni de l'index, puis a sorti la langue, un peu, a posé le doigt sur cette molle langue mouillée. La lenteur avec laquelle les deux énormes lèvres se sont refermées sur le doigt, pour le sucer, comme tout à l'heure la cuiller, trahissait beaucoup de cruauté. La lenteur, en général, est cruelle. Involontaire n'était sans doute pas le claquement ou chuintement, le bruit de succion, comme un bisou dans l'air, quand le doigt est sorti de la bouche. Et non moins intentionnel le coup de nuque pour rejeter la mèche de cheveux qui avait glissé de la tempe jusque devant l'œil. Mouvement de nuque inutile, évidemment ! La mèche est retombée devant l'œil. Tout ça pour que la main avec ses cinq cerises ou cinq amandes en guise de griffes sanglantes monte au visage et range la mèche en coup de fouet derrière l'oreille. Bizarre, très plate, sans guère d'ornières et de repli, presque sans lobe, aussi. Mais où elle avait trouvé la place d'un trou, encore un, pour introduire une boucle, une longue, grande, ronde, fine, en or ou en métal doré. Diabolique.

Noël au bistrot

Ça clignotait sur son front, sur ses lunettes, blanc, jaune, bleu, multicolore. Même sur son verre de bière, sur sa main, sur sa chevalière au petit doigt. C'était la guirlande sur le petit sapin de Noël, qui balançait ses reflets partout. Joyeuse et dérisoire, dans le bistrot triste.

Dehors, sur le trottoir, dans le froid – dans le pas si froid, d'ailleurs, avec ce climat qui se dérègle, un 20 décembre, et combien ? 14 degrés ? – un vieux monsieur et une jeune fille se parlent, mais vraiment comme des amoureux. C'en est presque gênant. Robert, avec tous ses reflets sur la figure et sa chevalière au petit doigt dit que c'est une petite fille qui a été élevée par son grand-père, et qu'ils sont très affectueux, qu'il a connu ça, lui avec son voisin, à l'époque où il habitait rue de la Tulipe, qui avait élevé sa petite-fille parce que les parents étaient drogués, le juge leur avait retiré l'enfant et le grand-père, qui était veuf, l'avait élevée. La gamine et le vieux étaient fusionnels. Pareil ici.

Dit Robert.

Mais par la fenêtre, ce qu'on voit du vieux et de la jeune femme est un peu plus lascif qu'une tendresse filiale. Encore un peu, et ils se roulent un patin.

Et puis bang, clang, ça y est. Le patin ! Un vrai de vrai patin ! Si elle a vingt ans, c'est beaucoup ; et s'il a quatre-vingts ans, c'est peu ! Un patin !

On ne fait pas les choqués, Robert et moi, parce qu'on sait se tenir. Mais quand même. Soixante ans de différence, dans un couple, ça fait beaucoup, non ?

Alors Robert, comme s'il découvrait la pesanteur de Newton :

– Mais : c'est une pute ! Voilà tout ! Simple ! Il l'a payée !

Avec une jalousie dans le ton de voix, mais évidente. Ah, il en crevait.

Moi, c'était pas pour le faire souffrir, mais tout de même, je lui disais la vérité. Que la fille avait vraiment pas l'air, pas l'allure, pas la dégaine, d'une pute. Mais alors vraiment pas.

Et lui, souverain :

– Et alors ? Faut pas se fier aux apparences !

Le maître se couche

Je rentre en souvenir dans la maison d'Érasme, à Anderlecht. Renaissance hispano-flamande, comme on dit. Pignons, briques. Bois sombre, escalier qui grince, grands planchers gémissants, volets intérieurs aux fenêtres subdivisées en croisillons, losanges, et culs de bouteille. Lumière dorée, poudreuse. Cuirs de Cordoue tendus aux murs et bouffant par endroits, s'affaissant comme un ventre. Et partout le souvenir comme un spectre du petit écrivain, Voltaire avant la lettre, maigre et tranchant, perpétuellement enrhumé et enveloppé dans une pelisse, le bout de son nez pointant sous les bonnets et doubles cols de fourrure ; l'extrémité des doigts sortant à peine des manches, plongeant une plume claire dans l'encrier, avec la plus grande économie de mouvement, grattant le papier, rédigeant vite, laissant tomber par terre comme feuille d'automne la page remplie pour en entamer une autre. La braise dans les petits yeux de cristal mouillé ; le regard adamantin. La petite toux de vieille femme. Et à l'autre bout de la lettre : le pape, l'évêque, le prince, l'empereur.

Guère le temps de se relire.

Au moment de ramasser les pages qui jonchent le sol et de les mettre en ordre, histoire de ne pas mélanger la correspondance de l'un avec celle de l'autre, et les écrits personnels, le mal de dos, ou les rotules, le fait renoncer. Avec un soupir et n'articulant guère il commande à celui-là, son secrétaire, de mettre les feuilles dans l'ordre.

– Et de nettoyer la plume ?

– Et de nettoyer la plume. *Sicut erat in principio.*

Un rire bref à cause du bon mot.

Frottement de la pelisse contre les cuirs de Cordoue, le pas hésitant dans l'escalier qui craque.

Le maître est dans son lit. Petit lit, lit assis, à colonnes et rideaux tirés. On y entend toujours un vague gazouillis. Cet homme ne dort jamais. On dirait d'une cage, d'une volière. Il rit ? Peut-être, il rit. Il pète. Il fait des bruits. Il se mouche. Ses domestiques fouillent ses poches profondes comme des manchons et le volent sans méchanceté.

Le maître se couche à la nuit très avancée. Par la fenêtre, je vois le jardin vague sous un quart de lune laiteuse. L'imagination y fait rôder des ombres. Que bientôt l'aube dissipe, montrant le quadrillage méthodique des parterres de simples. J'herborise en rêve, je prépare pour l'éternel rhume du maître un mélange de mélisse et de thym ; pour sa digestion toujours acide et bilieuse, une décoction de fenouil et de marjolaine.

L'aurore à peine a reçu dans ses mains ce morceau de la sphère terrestre et déjà là-haut j'entends les petits pas traînants. A-t-il seulement dormi quatre heures ? Des volets poussent leur grincement propre et j'imagine la blancheur trouble qui passe par les vitres en verre coulé poser des taches claires sur les méplats du visage, hier soir rougi par les petits coups de vin, ce matin mat et presque cireux. Un gros individu, qui a dormi en chemise et qui va nus pieds, le soulève et le pose sur le pot d'aisance. Il n'y a pas de grand homme pour son valet de chambre.

Mokafé

Alors j'entre au Mokafé. Oh, l'établissement ne s'appelait pas comme ça du temps de Grégoire Le Roy, mais c'était un café aussi et à la même place, dans la galerie de la Reine, ce passage tout voûté de cristal, tout plaqué de marbres couleur chocolat et de grandes vitrines. Un passage chic et joli dans le cœur de la ville où jadis ma grand-mère s'était fait voler à la tire son sac à main. Bien avant encore, et sans doute qu'il y a autant de moi à l'épisode de ma grand-mère que de l'épisode de ma grand-mère à l'époque de Grégoire Le Roy, il allait, le poète et graveur et bibliothécaire, le bon, le doux, l'un peu raté Grégoire, il allait à ce café quotidiennement où le retrouvaient les jeunes auteurs, les futurs animateurs de revue et peut-être aussi des gens qui l'admiraient.

Moi, en 2018, début de l'été, j'entre au Mokafé et je cherche à l'instinct le lieu où le poète s'asseyait, car il y a fort à parier qu'il avait ses habitudes. On a tous un sens pour capter les ondes des anciennes présences. Caillou tombé dans l'eau, Grégoire Le Roy a disparu, mais les vaguelettes sont encore sensibles.

À une table où j'ai vu – je m'en souviens à l'instant –, il y a une dizaine d'années, le peintre Alechinsky, assis, parlant avec une libraire que je crus aussi reconnaître, se trouve maintenant une vieille dame chic et manifestement veuve. C'est peut-être là qu'il s'asseyait, Le Roy. Dos à la grande vitre de façade, cela me paraît dans son genre. J'ai les yeux tout le temps qui tournent par-là, comme la baguette du sourcier. Grégoire Le Roy, poète oublié ; et moi qui relance pour un petit tour la présence de ses ondes.

Sang

Il y allait pour prendre des coups, et en donner. Il aimait ça. La boxe thaïe. Son sac de sport, le t-shirt impeccable. Le gel douche, le déo. Il empruntait parfois la bagnole d'un copain. Une petite Smart noire stylée comme il fallait. Parce que c'était un défilé de mode, là-bas. Une parade de jeunes coqs.

C'était dans les douches que ça s'était passé. Du sang. Entre ses pieds, là, mêlé à l'eau savonneuse qui ruisselait et courait vers la bonde, il y avait du sang. Un liquide rouge, rouge foncé, qui serpentait. Abondant. Samy avait spontanément écarté les jambes, dégoûté. D'où ça venait ? Pas de lui, tout de même ? Non. Pas de lui. Il n'en avait même pas sur les jambes. Ça ne découlait pas de lui.

Il était seul dans les douches. Ça ne pouvait pas venir d'un voisin. Sur les petits carreaux mosaïques du sol, le sang suivait son chemin. Samy flippait. C'était surnaturel, ou quoi ? Il voulait sortir, appeler les autres, quelqu'un, avoir un témoin. Mais il était nu et surtout il ne parvenait pas à détacher ses regards de cette coulée. Alors seulement il songea à fermer le robinet, à arrêter l'eau. Il leva les yeux vers le pommeau. Le sang viendrait-il directement du pommeau ? Du circuit d'eau ?

Il rouvrit ; la cataracte reprit ; et de nouveau du sang par terre, cherchant son chemin parmi les ruisseaux d'eau claire.

Il fit de ses mains une coupelle et recueillit de l'eau au vol, l'examina. Elle était claire. Pas de sang dans l'eau qui jaillissait du pommeau. Et pourtant, par terre, c'était incontestable.

Il cria, mais interrompit aussitôt sa voix. Réflexe.

Était-ce, d'ailleurs, une bonne idée de montrer ça ? Et si c'était une hallucination, et qu'on le prenait pour un fou ?

Une minute plus tard, il sortait du local des douches, habillé en vitesse. En particulier, le t-shirt à l'envers. Ce qui fit rire, dehors, les copains.

Mais il ne donna pas la moindre explication et se contenta de rougir.

Ses chaussettes aussi étaient mal enfilées, faisaient dans ses souliers des tire-bouchons que les copains ne voyaient pas, mais qu'il sentait, et qui lui rappelaient encore ce sang qu'il avait vu et qu'il voulait oublier.

Les copains étaient assis comme d'habitude sur la barrière et d'autres leur faisaient face. Dans la lumière du soir. Il devait être 21 h 30. Certains fumaient. Le gravier crissait comme toujours et c'était rassurant. Un gigantesque nuage mauve flottait au-dessus des toits. Samy s'efforçait d'écouter la conversation, sans grand succès. Martine, avec ses grands yeux, lui avait demandé :

– Et toi ?

Samy, ignorant le sujet, avait souri, au hasard, en disant qu'il ne savait pas. Martine avait ouvert les yeux plus grand encore.

Il ne voulait ni rester, ni partir. Il ne voyait pas grand-chose. Sauf, avec le temps, entre l'immeuble et la caserne, dans la trouée de l'avenue, les lumières du soir et le bas du ciel, rouge comme jamais.

L'autogoal

On venait de voir, à la télé, un terrible autogoal. Maman effeuillait une fleur fanée dans le petit vase au milieu de la table blanche. Les autres pensionnaires du home s'émouvaient peu du match de foot. On aurait pu remplacer la télé par un four à micro-ondes – ou essayer.

Le réalisateur se complaisait à donner le gros plan du joueur fautif et du gardien trompé, entre deux ralentis de l'énorme boulette du défenseur à sept minutes de la fin du match. Demi-finale de la coupe. La face livide du défenseur était épique.

Je me demandais si Maman fumait encore le cigare. Ça faisait dix mois ou presque que je n'étais pas revenu en Europe lui rendre visite. Je l'interrogeai en articulant très clairement :

– Maman, tu fumes encore, ou le docteur t'a fait arrêter ?

Il n'y avait pas plus de vie dans la fleur fanée que dans les yeux de ma mère. Ses mains squelettiques me rappelaient celles qui me faisaient peur, étant petit, de la mère de mon père.

Je répétai :

– Non ? Tu ne fumes plus ?

Elle répondait quelque chose dans sa barbe, comme on dit. Inaudible. Je sortis le cigare que j'apportais en cadeau. Tant pis si elle avait arrêté. Un beau havane, dans un étui métallique comme une tête nucléaire.

Ma mère ne réagissait pas. Elle continuait son même marmonnement. Je collai mon oreille à sa bouche et j'entendis :

– Il a marqué contre son camp, le pauvre.

Je mis du temps à réaliser ce qu'elle venait de dire. Elle regardait donc le match et comprenait ce qui s'y passait. D'un certain point de vue, c'était encourageant. Ça prouvait que son cerveau n'était pas si déconnecté que ça, malgré les apparences.

– Oui, il a marqué contre son camp, le con ! Mais je te demandais si tu fumais encore, parce que je t'ai apporté ce cigare. Je l'ai acheté à Miami.

Je me demandais comment elle pouvait si bien voir le match, en ayant la tête inclinée comme ça, depuis le début de notre entrevue. Je me disais : sans doute, une mère, ça voit tout.

Elle répondait quelque chose. Je penchais la tête et perçus : « ...contre son propre camp... »

– Oui, oui, Maman. Des choses qui arrivent. C'est dommage.

Je lui passai encore l'étui et le cigare sous le nez, en espérant accrocher son attention. Sans succès.

– Il ne reste plus que deux minutes de match, là, Maman. C'est quasiment fini. Tu aimes encore les cigares ? Regarde, j'en ai rapporté un de Miami. Pour toi. Un tout bon.

L'arbitre regardait sa montre. Moi aussi. Je pensais : elle a mis cinq minutes à réagir à l'autogoal, dans cinq minutes elle réagira à mon cigare. C'est juste un décalage. Peut-être que le temps ne passe plus à la même vitesse pour elle que pour moi. Soit.

Alors, Maman tira la langue. Elle l'avait très chargée, gris-blanc. Elle semblait fixer les pétales entre ses mains, sur le métal blanc de la table, la langue en dehors. On lui coupait les cheveux trop courts, dans ce home. Même pas assez de centimètres pour faire une boucle. Seulement un air hirsute. Cette langue m'effrayait. Il y avait encore un fond de thé dans la tasse et je la forçai à le boire, après quoi elle garda sa langue en bouche.

À la télé, c'étaient les publicités d'après-match. Je pensai à m'en aller. Quitte à revenir le lendemain. Je ne retournais à Miami que sept jours plus tard, j'avais le temps.

– Je te laisse le cigare, Maman ? Et fais bien attention qu'on ne te le confisque pas. Ça vaut cher !

Elle mit sa main froide sur la mienne. Je collai mon oreille à sa bouche. Elle disait :

– C'est dramatique, pour ce pauvre garçon.

Elle avait les yeux mi-clos. Je comprenais qu'elle parlait encore du défenseur qui avait fait perdre son équipe. Les rides du front de ma mère indiquaient une intense souffrance. Pour ce garçon, sans doute.

J'étais un peu vexé. Un peu inquiet. Je me demandai ce qui pouvait bien se passer de mystérieux dans le crâne d'une vieille personne. Ce qu'elle y voyait. Quelle bizarre proximité elle partageait avec ce joueur ou avec d'autres absents.

Finalement, je partis, assez brusquement. Dans l'encadrement de la porte, je me retournai pour faire signe. Elle me voyait peut-être. Puis je sortis, las et courbatu. Comme après une grosse journée de travail. Je rejoignis ma voiture, garée sous un rang d'arbres. Il y avait des oiseaux dans le feuillage, qui ne connaissaient pas leur chance.

Aquarelle

Pour se protéger de la pluie, du soleil, du temps, le café couvre sa terrasse d'une grande marquise parapluie et parasol, opaque au plafond, translucide aux parois. Translucide, mais irrégulière, ondulée, moirée, trouble, et la ville un peu floue au travers semble une aquarelle.

Madame François

Elle roulait lentement, c'était l'avantage. Vieille, craintive, souriante, une bagnole grise comme elle. Je dis « l'avantage », parce que du coup elle n'écrasait pas les cyclistes.

Elle avait dans une cage un oiseau jaune. Et ne se souciait pas de la nettoyer. Une infection. Pour le reste, l'appartement était passable.

Je n'en ai pas eu souvent, des clients aussi âgés. 74 ans. « Bonjour, je voudrais passer mon permis. » Courageuse, fantaisiste. Elle a réussi d'abord l'épreuve théorique, impeccablement d'ailleurs. Ex-institutrice, et directrice d'école, même. Les tests psychomoteurs ne l'ont pas arrêtée. De justesse, je dirais. Puis, je l'ai eue pour trente heures dans mon véhicule auto-école. Elle faisait tout correctement, sauf qu'elle refusait de rouler à bonne allure. Sur l'autoroute, elle n'a atteint le 110 que sur obligation impérieuse de ma part.

– Ou on ne vous donne pas le permis, madame François.

Oui, c'était son nom.

Elle se défendait : en roulant lentement, je ne ferai pas d'accident.

Je contrattaquais : peut-être, mais vous en provoquerez.

On s'appréciait, forcément.

Elle m'a invité, pour fêter sa réussite.

Trente ans nous séparaient, tout de même. J'ai attaché mon vélo à la jambe d'un réverbère, je suis monté par l'ascenseur, deuxième étage. Ça me faisait bizarre. J'espérais qu'on ne serait pas seulement deux.

On était deux. Pas étonnant non plus pour une dame seule. Veuve. Ayant perdu la plupart de ses amis, dont elle me raconta les décès plus ou moins prématurés ou dramatiques. Au mur, des objets d'un autre âge, mélangés avec des dessins d'enfants.

– Ils habitent à Los Angeles. Je ne les vois pas souvent.

En fait, les dessins d'enfants avaient eux-mêmes un certain âge.

Son mari s'appelait Gaspard; on le surnommait Gaspi; il avait tenu un resto, à son nom, du côté d'Ixelles. Il était mort vingt ans plus tôt. En sortant de sa voiture, renversé par une autre. Écrasé, traîné sur cinquante mètres et désarticulé. Je comprenais mieux sa phobie de la vitesse.

Elle avait débouché des bouteilles pas faites pour vieillir et datant de Mathusalem. Un mousseux qui goûtait la poussière. Par politesse, j'en ai repris quatre fois. Elle, pendant ce temps, buvait de l'eau gazeuse. J'avais faim, je me ruais sur les toasts au guacamole.

Il fallait que je l'accompagne à la cuisine, parce que la cuisson des escalopes prenait dix minutes. Je trouvais que l'apéritif suffisait largement, mais j'aurais été goujat de la planter là avec ses tranches de veau.

Dans la cuisine, j'ai vu l'oiseau jaune, la cage, et l'appétit s'est envolé très loin.

J'ai ouvert le rouge (un bordeaux supérieur devenu nettement inférieur). Elle a cuit les escalopes, j'ai jeté à la poubelle les barquettes de frigolite. J'ai regardé par la fenêtre. Je voyais la lumière du réverbère, en bas, et mon vélo dedans. J'espérais qu'un type le pique, que je le voie, que j'aie une raison de m'enfuir, de lui courir après, et de ne pas revenir chez madame François.

L'oiseau ou lui

Tant qu'elle était posée sur le sol, la cage, l'oiseau dedans demeurait serein. La monter sur la table ou sur la demi-colonne que Marius avait pourtant achetée tout exprès, ou pire, la suspendre au crochet d'une petite potence également installée tout exprès – Marius craignait pourtant de forer dans le mur d'une maison dont il n'était que le locataire –, l'oiseau ne trouvait plus le repos, s'agitait, voletait dans les barreaux et, en tout cas, ne chantait plus. Avec un peu de bonne humeur, Marius aurait pu dire avoir acheté le seul oiseau du monde souffrant de vertige, ou du moins le seul du magasin, mais Marius n'avait pas l'humour chevillé au corps et il regardait cette demi-colonne en bois, se rappelait son prix, et la potence en fer forgé, se souvenant des trous énormes et maladroits qu'elle cachait. Poser sur la colonne une jardinière, suspendre un pot de fleurs à la potence, sans doute il faudrait s'y résoudre. En attendant, l'encombrement de la cage du canari posée sur le sol l'exaspérait. Et quand il la heurtait du pied ou du genou en allant ou en revenant de la cuisine, il pensait en somme que, tôt ou tard, ce serait l'oiseau, ou lui.

Colophon

Cheval. Racines. Souches. Mousse. Pré, dit pâture. Ondulation de la terre, colline boisée au loin, où plus une feuille ne dissimule l'enchevêtrement sec des branches.

Le cheval broute entre ses pattes écartées une herbe froide qui ce matin était givrée. Il a son poil d'hiver, plus laineux. On aimerait qu'un panache rythmé de vapeur sorte de ses naseaux. Mais rien. Silence coi. Les poules retourneront au poulailler, annonçant la tombée du jour. La cloche lointaine du village sonnera, indiquant que le monde existe encore, là-bas aussi. Puis la nuit brusquement déploiera sa tente noire, piquée d'étoiles sans nombre, et je me coucherai.

Ardoise

Remerciements de la part des bars, cafés, cafétérias, brasseries et estaminets suivants : *Vieux Spijtigen Duivel* (Uccle), où Hugo et Baudelaire ont bu un coup, mais pas le même jour ; *Mokafé* (Bruxelles), où ma grand-mère s'est fait faucher son sac à main ; *Chapeau blanc*, Anderlecht, où on donne à boire aux petits chiens aussi ; *Au prince Baudouin* (Schaerbeek), qui ne ferme pas la nuit ; *Le Dailly* (Schaerbeek), où les trous dans la banquette sont un inspirant atlas d'usure ; *La Biche* (Saint-Gilles), où les tatouages du serveur s'impriment dans la mémoire ; *La pompe* (Saint-Gilles), qui a de belles étagères ; *L'horloge* (Uccle), où une affichette demande aux joueurs des machines à sous de ne pas crier parce que ça fait peur à la clientèle ; *La Madeleine* (Bruxelles), où on se souvient des disparus ; *Broadway* (Schaerbeek), où le service est un défilé de mode ; *Schieve Lavabo* (Forest), où on vous refuse un verre d'eau du robinet pour prendre une aspirine ; *Victor* (Bruxelles), où on attend une âme ; *Aux trois Auvergnats* (Beaumont), où le gros chien est gentil ; *Bar du matin* (Saint-Gilles), où c'était mieux la veille ; *Le Loup* (Stavelot), où il n'y a plus de vol-au-vent ; *Le Coq* (Bruxelles), où on passe des cassettes ; *New London*, (Schaerbeek), et son odeur de pinède dans les waters ; *Journal Bar* (Saint-Gilles) et sa table de ping-pong, mais qui a fermé ; *Boentje* (Schaerbeek), où on recycle ; *Cirio*

(Bruxelles) où vainc un ange de cuivre ; *Cafétéria de la bibliothèque royale* (Bruxelles), son panorama, ses vitres sales ; *Le Galion* (Schaerbeek) à l'escalier casse-gueule ; *Jazz Station* (Saint-Josse) et son coin de paradis ; *James Joyce's* (Bruxelles), avec Molly à la caisse ; *Pulp* (Bruxelles), où les plantes n'ont pas besoin de lumière ; *Walvis* (Bruxelles), où il pleut ; *Au Laboureur* (Bruxelles), où on ne paie pas par carte ; *Le Corbeau* (Bruxelles), coincé entre deux américains ; *Addict bar* (Saint-Gilles), dont je ne me souviens pas ; *La Renaissance* (Saint-Gilles), éternel comme l'enfer ; *Bar Parallèle* (Ixelles), où ma cousine travaillait ; *Le Pantin* (Ixelles), ghelderodesque ; *La Brocante* (Bruxelles), où j'ai vu un espion, un vrai ; *Le Bonheur* (Forest), où l'Espagne gagne ; *le Mainz* (Forest), sur moquette ; *Plattesteen* (Bruxelles), où les vitres font des arcs-en-ciel ; *Llanes* (Bruxelles), extraterritorialité asturienne ; *La lunette* (Bruxelles), où il y a des mouches ; *Pain quotidien* (Uccle), où on vous prend votre temps ; *Caberdouche* (Bruxelles), où le roi est serveur, enfin, l'inverse ; *Ponto do encontro* (Schaerbeek), où un type est mort ; *L'Escale* (Ixelles), où Angela Merkel ne va jamais ; *Le Gutenberg* (Saint-Josse), où un Allemand inventa la déprimerie ; *Le Belvédère* (Schaerbeek) où une ancienne affiche électorale continue d'espérer ; *Au Duc de Brabant* (Schaerbeek), où l'on vous demande si vous avez dix-huit ans ; *La Ruota* (Schaerbeek), où il n'y a pas d'aquarium ; *L'âne rouge* (Schaerbeek), où on vous aime bien ; *Winok* (Schaerbeek), où l'on a toujours besoin d'un plus petit que soi et le *Londres* (Bruxelles), où on vous prend pour un autre.

(En période de confinement, certains bancs publics furent à remercier également, qui ont préféré toutefois garder ce bien très précieux : l'anonymat.)

Table des matières